이기는 삶을 살아라

이기는 삶을 살아라

초판 1쇄 인쇄 2011년 1월 20일
초판 1쇄 발행 2011년 1월 28일

지 은 이 이복순
발 행 인 김청환
발 행 처 이너북
책임편집 이선이
등록   제 313-2004-000100호

주   소 서울시 마포구 염리동 8-42 이화빌딩 807호
전   화 02-323-9477
팩   스 02-323-2074
E-mail: innerbook@naver.com

ISBN 978-89-91486-52-2 03810

＊잘못된 책은 바꿔 드립니다.
http://blog.naver.com/innerbook

이기는 삶을 살아라

제주 아주망 고군분투기

이복순 글

이너북

나를 이기는 삶을 살고 싶었다

질풍노도였던가?

아무리 바람 같은 인생이라고 하지만 칠십 평생이 순간처럼 왔다가 휘 지나가 조금은 허무하다는 생각을 지울 수가 없다.

참 모질고 험한 여정을 지나쳐 왔다.

내 삶은 제주 바다에서 태어나 숙명처럼 해녀로 자라 바다 건너 일본에서 조그만 성공을 얻고선 다시 제주 바다로 돌아온 물의 일생이었다.

1939년 8월 16일 제주도 북제주군 조천읍 북촌리에서 4남 3녀의 막내로 태어난 나는 초등학교 2학년 때 4·3 사건을 맞아 아버지와 큰아버지 등 친척들이 역사의 소용돌이에 휘몰려 운명을 달리하는 비극적인 가족사를 겪었다.

아버지가 돌아가시자 가정의 경제를 책임지게 된 나는 여수, 보길도, 진도, 삼천포 등에서 해녀질을 했다. 그 후 한번의 결혼과 이혼, 일본에서의 김형균 씨와의 사랑과 이별을 겪으며 요꼬하마에서 이자카야(우리나라 투다리 비슷한 가게) 가게를 차려 조그만 재산도 모을 수 있었다.

인생에서 우리는 자기 삶을 여행하는 여행자이다. 나는 내 몫의 여행을 다니며 누구보다 성실하게 남에게 조그마한 나눔을 베풀며 살아왔다고 자부한다. 살면서 늘 부처님 앞에 부끄럽지 않은 순간을 살고자 노력했고, 물질보다는 마음을 나누는 순간을 살려고 헌신했다.

누군가는 돈 많고 지위 높은 삶이 성공한 삶이라고 말한다지만 나에게 삶이란 가슴에서부터 우러나오는 진심盡心의 삶이 '이기는 삶'이라고 말하고 싶다.

그만큼 남을 이기기보다는 나를 이기기 위해 숨가쁘게 하루하루를 살아왔다. 가끔은 척박한 제주 땅만큼이나 혹독한 시련만 안겨준 내 주변 인연들에게 서운한 마음을 가질 때도 있었다. 꽃 같이 어린 나이에 사랑보다 바다를 먼저 알았고, 부모님의 응석이나 받을 나이에 집안을 책임지는 해녀 가장이 되어야 했다.

때로는 사랑 때문에 아파했고, 때로는 자식 때문에 눈물을 흘려야 했다.

그래도 다 운명이려니 하고 묵묵히 내 앞의 생을 헤쳐나갔고, 물 설은 타향살이도 견뎌나갔다.

이제는 돌아와 누운 어여쁜 누이처럼 주변에서 진심으로 누이 같고 어머니 같다는 얘기를 심심하게 듣게 되었다.

애월읍 내 고향집 마당에 서면 사방이 푸른 바다로 둘러싸여 있는 정경이 한눈에 들어온다. 눈에서 멀지 않은 곳에 작은 섬이 서쪽에 세 개, 남쪽에 두 개가 바다 가운데 떠 있다. 작은 고깃배들이 떠 있고 잔잔한 파도와 물결이 햇빛을 반사하며 출렁이고 있다.

옥불사 작은 내 방에서 지나온 내 삶의 순간순간을 가만히 헤아려본다.

주마등처럼 스쳐가는 내 인생의 순간순간들을 헤아려보며 이제는 내 남은 여생을 아름답게 노을지고 싶다. 이제 내 남은 생은 부처님께 귀의하며 내 스스로 조상에게 공덕을 쌓는다는 마음으로 마지막 여생을 보살행을 실천하며 살고자 한다.

2010년 11월 어느 날,
만추(晩秋)의 제주 앞바다를 바라보며 이복순 합장

이기는 삶을 살아라

차례

제1부

나에게 꽃이 되어 주었던 제주 바다

1장
척박한 바람의 고향 제주도

붓다는 말한다.

"길동무는 적은데 가진 재물이 많으면 장사꾼은 이를 잃을까 봐 걱정하고
두려워하게 마련이다. 욕심이란 도적은 사람의 목숨까지도 해치게 된다.
그러나 지혜로운 사람은 욕심을 제어할 수 있는 사람이다.
욕심이 무서운 것은 그것을 채우지 못해서,
혹은 채우지 못할까 봐 조바심 내 걱정하는 것 때문만은 아니다.
욕심은 존재 자체를 피폐하게 하고
중요한 것을 보지 못하게 한다는 점 때문에 무서운 것이다."

불교에서는 세상사 모든 욕심을 떨쳐 버리는 것을 무욕無慾이라 했다.
무욕은 아무런 걱정이 없는, 그야말로 평온만이 있는 상태를 일컫는 것이다.
세상 모든 이가 무욕을 실천한다는 것은 여간 어려운 일이 아닐 것이다.
그래서 붓다는 무욕에 이르기 위해서 우선 소욕지족小慾知足 할 것을 권하고 있다.
바로 욕심을 줄이고 그 속에서 만족을 찾으라는 것이다.
욕심 자체에 사로잡히지 않기 위해 욕심을 버릴 때를 알아야 한다는 것이다.

인생은 자기 삶을 여행하는 것

힘들고 지칠 때 눈을 감고 있으면 스님들에게 듣던 불교 설화들이 떠오르곤 한다. 그때마다 내 머릿속에는 부자이던 거렁뱅이이던 간에 생과 사의 기로에 서서 깊이를 알 수 없는 깊은 못을 바라보면 무서운 죽음의 그림자가 시시각각으로 다가오는 장면이 떠오르곤 한다. 생명 하나만을 온몸의 끄나풀로 믿고 모든 고통을 참고 가는 모습을 똑똑히 볼 수 있다. 사람도 다른 생명 있는 것들과 마찬가지로 나면서부터 제게 주어진 목숨의 양만큼 살다 죽게 될 운명을 타고났다.

밤과 낮의 시간이 용서 없이 우리의 명을 깎으면서 지나간다. 생각하면 소름이 끼칠 정도로 위험한 운명에 놓여 있다. 그런데도 사람들은 자신의 심신을 오욕의 쾌락에 깊숙이 묻고 세상 속에서 헤매며 몸과 마음을 고뇌에서 벗어나질 못한다.

인생에서 우리는 자기 삶을 여행하는 여행자이다. 나 또한 내게 주어진 삶을 누구보다 성실하게 남에게 해를 끼치지 않고 여행했다고 자부한다. 하지만 나는 부처의 경지에 오르지 못한 늙어가는 한 여성이다. 지나온 삶을 돌이켜보면 가슴 속에 풀리지 않는 한과 응어리로 인하여 아직도 한숨을 쉬고 눈물을 흘리곤 한다.

이 세상에 태어나 불안과 고통 속에서 헤매며 살아가다가 파란곡절을 겪고 사라지는 것이 인생이다. 인생은 고통도 즐거움도 아니다. 이 세계와 인생, 이 모든 것은 오직 마음이 조화를 부리는 장소이기 때문에 마음이 괴로우면 이 세계가 괴롭고 마음이 즐거우면 이 세계가 즐거운 것이다.

스스로를 가엾게 여길 줄 아는 사람이야말로 다른 사람도 불쌍히 여겨 손을 내밀어 줄 수 있지 않을까?

제주도, 내 인연의 처음과 끝

나는 내 인생의 처음과 끝을 제주도 애월읍 소길리에서 마무리하고 싶었다. 내가 태어나 현세의 연을 맺은 제주에서 의미 있는 마침표를 찍고 싶었다.

지난 1999년에 사놓은 소길리 땅을 옥불사에 불사하면서 나는 여생餘生을 의미 있게 마무리할 수 있게 됐다는 데 안도했다.

제주 전통불교의식의 전승관인 옥불사는 제주시 애월읍 소길리 운전면허 시험장 정문에서 서쪽으로 300여m 떨어진 곳에 위치해 있다. 넓은 부지에는 각종 시설들이 들어섰고, 후원後園에는 평화로운 안식시설을 준비하고 있다. 옥불사는 앞으로 납골당과 실버타운, 장례식장을 차례로 조성해 부처님 안에서 영원히 쉴 수 있는 불자佛者들의 평안한 안식처로 자리 잡을 것이다.

앞으로 올봄에 점안식을 가질 예정인 백옥와불白玉臥佛은 세계 최대의 와불臥佛로 벌써부터 불교계에서는 커다란 관심의 대상이 되고 있다. 앞으로 옥불사에 세계 최대 규모의 백옥와불白玉臥佛이 봉안되면 옥불사는 세구 유일의 핀평과 불교문화 진파의 베가도 토익힐 밋이다.

외롭고 척박한 땅에서 싹튼 제주 불교

한반도에 나라가 생긴 이래 제주는 늘 외롭고 척박한 땅이었다. 삼국시대건 고려든 조선이든 심지어 일제강점기에도 제주는 본토보다 더 억압받고 수탈당하며 섬 지방 사람으로서의 숙명적인 고난을 감내해야만 했다.

이토록 냉혹한 역사를 감내해야만 했던 제주이다 보니 옛부터 섬

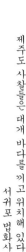

제주도 사찰들은 대개 바다를 끼고 위치해 있다 서귀포 법화사

지방 특유의 자연적인 무속신앙이 발달해 왔다. 아무래도 섬은 육지나 평야지대보다 살기가 척박하고 자연 기후에도 많은 영향을 받게된다. 그러다 보면 자연스럽게 철학적인 사색을 통한 신앙보다는 기복적인 신앙이 훨씬 강한 영향을 끼치게 되고 자연신에 대한 경배도 타지역보다 훨씬 중시되게 된다. 살기가 어렵고 위험한 곳이기에 생명과 직결된 문제들이 많다. 당장 눈앞에 자신들의 목숨이 경각에 달려 있는 곳에서 철학적인 고민은 자칫 사치스런 고민일 수밖에 없다.

세계적으로도 척박한 환경을 지닌 지역의 종교는 철학적인 사유를 통한 종교보다는 무속적인 신앙의 형태를 띤 종교가 많다.

고산지대에 위치해 있는 티벳 불교의 경우도 무속적인 성향이 강하다. 티벳은 농사를 짓기에는 척박한 토양의 땅이기 때문에 대부분 유목생활을 한다. 그런 곳에 불교가 전파되면서 그 지역에 전래돼 온 무속신앙과 결합해 불교 유파 중 무속적인 성향이 강한 밀교가 발달할 수밖에 없는 토대가 형성된 것이다. 티벳 불교의 경우 국가의 중대한 결정사항이 있을 때 무당이 점을 쳐서 결정하곤 하는 신탁神託 제도가 있다. 이런 것은 불교 본연의 모습과는 거리가 멀지만 티벳이라는 나라의 특수성으로 인해 어쩔 수 없이 불교가 수용해야 할 부분이었다.

제주도의 경우도 역시 섬이라는 지리적 특수성으로 인하여 전래의 토속신앙과 불교문화가 만나 이곳만의 독특한 불교문화를 태동시겼디고 볼 수 있디.

제주도는 조선시대에는 유배지로, 근대에는 수많은 비극적인 사건들로 인해 주민들이 맘 편히 살 수 있었던 날이 그리 많지 않았다. 한마디로 고통스러운 세월이 평온한 날보다 더 많았던 곳이다. 이처럼 제주도는 유배당한 사람들의 한恨, 바다에 나가서 죽은 사람과 살아남은 사람들의 한恨, 국가의 탄압으로 인해 고통받은 민초들의 한恨 등이 얽히고설켜 당장 자신들의 생명을 의지할만한 강력한 종교적 의지처가 필요했다.

이런 일련의 시련들로 인해 불안하고 고단한 제주도 사람들은 철학적인 사유를 통한 내면의 평화보다는 자신을 지켜줄 수 있는 초자연적인 신앙이 필요했을 것이다. 제주도에 천주교가 쉽게 전파될 수 있었던 요인도 고단한 자신들의 현실을 벗어나 새로운 세상을 천주의 힘으로 이룰 수 있다는 강력한 유토피아적 종교관이 제주도민에게 깊은 영향을 주었기 때문이라고 추측해 볼 수 있다. 비슷한 예로 전라도에서 증산도나 천주교, 천도교가 쉽게 전파될 수 있었던 것도 제주도의 역사적 정황과 흡사한 점이 많았기 때문이다.

이러한 제주도의 지리적 특성과 역사적인 사건들로 인해 제주도에서는 무속신앙이 도민들의 정신적 지주 역할을 하고 있다고 해도 과언이 아니다. 이러한 영향으로 인해 제주도 불교 역시 무속적인 경향이 강한 종교로 발전해 왔던 것이다.

제주도민의 삶은 궁핍과 핍박의 역사

고향 땅 제주도를 떠올리면 눈물부터 글썽거리게 된다. 아름다운 제주의 풍광을 배경으로 웃으며 사진을 찍는 신혼부부들과 관광객들의 모습을 보면서 저들은 제주도 백성들이 겪었던 아픔과 힘든 삶의 현실을 얼마나 알고 있을까 하는 생각도 가끔 해본다.

1940년대, 나의 어린 시절의 제주도는 한반도 전역에서도 가장 먹고살기 힘든 곳이었다. 특히 일제강점기 말기의 제주도는 그야말로 전쟁터였다. 일본제국주의는 제 2차 대전의 패색이 짙어지자 제주도를 마지막 결전지로 정하고 수많은 땅굴과 비행장, 탄약고 등을 짓기 위해 제주도민을 무자비하게 징용하고, 갖가지 공출을 일삼았다. 공출이 얼마나 심했으면 '차라리 징용을 보내달라' 고 간청할 정도였다고 한다.

실제로 해방되던 해인 1945년에는 1월부터 7월까지 미군의 폭격과 미·일간의 전투가 끊이질 않았다고 한다. 제주도민은 그야말로 전쟁터 한 가운데에서 스스로 알아서 살아남아야만 했다.

1945년 8월, 드디어 해방이 되었다. 한반도의 어느 국민들보다 제주도민들은 열렬히 해방을 반겼다. 이제 좀 사람답게 살 수 있겠다는 희망이 생겼기 때문이다. 하지만 그 희망도 잠시뿐이었다. 일본과의 무역을 금지하고 육지에서 원료공급이 두절되었다. 자연히 공업과 농업의 생산이 줄 수밖에 없었다. 게다가 엎친 데 덮친 격으로 해방 이듬해에는 보리농사의 대흉작으로 수확이 전년에 비해 1/3에도 미치지 못했다고 한다.

제주도민들은 생명을 유지하기 위해 칡뿌리와 해산물, 톳과 보릿겨를 섞어 만든 '톳밥' 이나 돼지사료인 전분찌꺼기 등으로 연명했다. 그리고 1946년 중반에는 호열자(콜레라)가 창궐하여 400명 가까이 사망했다. 이러한 척박하고 어려운 환경 속에서도 제주도민은 언제나 삶에 대한 희망을 잃지 않고 있었다.

타지역 사람들이 제주도민들을 보고 하는 첫 말은 '억척스럽다' 는 말일 것이다. 그것은 제주도만의 궁핍과 핍박의 역사를 견디고 살

아온 결과인지도 모른다. 하지만 척박한 환경 속에서 살아남으려다 보니 사람들 성정이 악착스럽게 변한 게 아닐까도 생각하지만 제주도민만큼 서로를 믿고 의지하며 사는 사람들도 드물다.

거친 자연환경과 생활여건을 이겨내기 위해서는 혼자만 잘 한다고 되는 것이 아니라는 것을 제주도민들은 누가 가르쳐 주지 않아도 잘 안다. 그래서 제주도민들은 협동심이 강하고 마음을 한 번 열면 이웃 간에도 친형제와 다름없이 지내는 게 보통이다.

제주도에는 시도 때도 없이 강한 바람이 분다. 그 바람은 내 삶 속에도 불어와 날 휘청거리게 하고 쓰러뜨리려고도 했다. 하지만 나는 꿋꿋하게 버텨냈고 말년을 바라보는 지금은 나름대로 성공했다는 얘기도 주변으로부터 듣는다. 내가 고단한 삶을 잡초처럼 억세게 버텨올 수 있었던 것도 내 피 안에 제주도 조상들의 억척스러움이 녹아들어 있기 때문이라 생각한다.

제주 해녀의 강한 생명력

그 억척스러움의 상징 중 하나는 아마도 일렁이는 바다를 제집 드나들듯이 하는 해녀일 것이다. 지금은 그 모습을 보기가 어렵지만 얼마 전까지만 해도 바닷가나 섬 지방에 가면 검정색 고무 잠수복을 입은 해녀를 쉽게 만날 수 있었다.

해녀의 기원은 원시시대에서도 찾아볼 수 있을 정도로 그 역사가 오래되었다. 특히 제주도 해녀는 1930~1940년대에 일본이나 동남아시아에 원정을 나갈 정도로 기량이 뛰어났고, 독립운동 자금을 대고 항일 운동에 앞장서는 굳건한 정신을 보여주기도 하였다.

제주도에서 나고 자란 여인들은 어린 시절부터 자연스럽게 바다를 벗 삼아 물질하는 법을 배웠고, 17~18세만 되어도 가족의 생계를 책임져야 했다.

처음에는 미역이나 우뭇가사리 같은 해초를 캐내다가 능숙해지면 깊은 바다에 들어가 전복 같은 값나가는 해산물을 캐내는 일을 했다. 해녀는 아무런 잠수 장비 없이 바다 속에 들어가 해산물을 캐내야 하기 때문에 항상 위험이 따랐을 뿐 아니라, 고된 노동을 견뎌내야 했다.

그들은 바다와 함께 자라고 그 속에서 수확을 얻으며 보람을 느끼고 생명력 넘치는 삶을 살았다. 때로는 거친 바다에 맞서 목숨을 걸어야 했기 때문에 해녀들의 세계에는 나름의 위계질서와 법칙이 분명했다.

깊은 바다나 먼 바다에 나가 일을 하기 위해서는 헤엄치기와 잠수 능력이 뛰어난 상군해녀가 되어야 가능했다. 그 중에서도 물질을 가장 잘하는 해녀는 대상군이라 불렀고, 하군해녀 중에서도 물질을 잘하는 해녀는 애기상군이라 하여 상군해녀 무리에 낄 수 있는 자격이 주어졌다.

제주도 여성들의 삶과 굳센 생의 의지는 전해오는 민요의 가사를 찬찬히 음미해보면 더 잘 이해할 수 있다. 제주도 민요는 노래만 하는 것이 아니라 일을 하면서 부르는 노동요가 많다. 이는 곧 그들이 노동의 힘겨움을 노래를 통해 잠시나마 잊기 위한 것이 아닐까 한다. 또한 제주민요의 특징은 집단적으로 부르는 것이다. 이것은 민요를 통해 감정을 서로 교류하고 서로간의 정을 더 돈독히 하는 수단이 되었을 것이다.

지금은 아니겠지만 내가 어릴 적만 해도 제주도 여성들은 제주도의 거의 모든 민요를 아무런 제약 없이 불렀다. 남성과 관련되는 민요들도 제주도 여성들은 아무런 어려움 없이 불렀다.

여성들이 큰 제약 없이 거의 모든 민요를 부른다는 것은 제주도 여성들의 생활 활동 영역이 넓고, 생활 자체가 적극적이고 능동적이기 때문이 아닐까 싶다.

한편 내용에 따른 민요의 특성을 살펴보면 생활현실에 관한 사설이 많다. 생활여건이 어려웠기 때문에 현실에 대한 한탄이나 고통, 또는 생활풍습에서 오는 여인들의 억압된 상황과 심적 갈등 등이 적나라하게 잘 표현되고 있다. 사회정의와 현실개선을 노래한 사설이 많다는 것도 한 특징이다. 이러한 성격은 제주도민들이 부당한 삶의 현장에 막연히 순응해 온 것이 아니라, 오히려 개선하고자 노력했음을 뜻하는 것이다.

너도 모를새 제주 민요를 흥얼거림 때시 있다. 평생 농사와 물질만해온 여인들의 일생은 깊은 바닷속처럼 어둡고 숨이 막히다가도 어느 순간, 질긴 목숨 줄을 부여잡고 고난의 바다를 건너온 꿋꿋한 생명력과도 같은 것이다.

어어양 어허어양 어야뒤야도 상사뒤로다
아아양 어허어양 어허요
이물에는 이사공이 고물에는 고사공이로구나

아아양 어허어양 어허요
허릿대 밑되 화장아야 물때 점점 다 늦어진다

아아양 어허어양 어허요

간밤에 꿈 좋더니 우리 당선에 만선일세

아아양 어허어양 어허요

당선에랑 선왕기 꼽고 망선에랑 망선기 꼽앙

아아양 어허어양 어허요

놀당 가세 놀당 가세 선왕님과 놀당 가세

아아양 어허어양 어허요

요 바당에 선왕님네 구급립대 라나 구급려줍서

아아양 어허어양 어허요

어기여차 닻주는 소리에 일천 서름 다 지영 간다

아아양 어허어양 어허요

소설 『제주의녀 귀금』에 나오는 제주민요다. 할아버지와 아버지가 배를 타고 바다에 나갔다 돌아올 때 쯤 나는 바닷가로 나가 이 민요를 부르며 그들이 무사히 돌아오기를 기원했다.

내 고향집 마당에 서면 사방이 삥 둘려 푸른 바다로 둘러싸여 있는 정경이 한눈에 들어오고 작은 섬이 서쪽에 세 개, 남쪽에 두 개가 바다 가운데 떠 있는 것이 보였다. 작은 고깃배들이 떠 있고 잔잔한 파도와 물결이 햇빛을 반사하며 출렁이는 것도 보였다.

그 아름다운 풍경 뒤엔 고단한 삶의 현실과 피비린내가 진동하는 사건이 있었다. 제주도엔 바람이 많아 어느 방향에서건 쉴 새 없이 바람이 불었다. 푸석푸석한 흙에 씨를 뿌리면 바람이 불어 씨와 함께 흙을 날려버리는 일이 허다하다. 그래서 씨 뿌린 뒤에는 마소와 사람이 한 덩어리로 밭을 밟아야 한다.

농사를 지어 국가에 충성하고 자식을 효자로 키워보자는 게 이 땅에 사는 농부들의 소박하고 갸륵한 꿈이 아닐까? 그러나 나라는 제주도 백성에게 유난히 혹독했다. 메마른 토질에서 자랄 수 있는 거라곤 보리, 조, 콩, 피, 메밀, 고구마 정도의 거친 곡물이 전부였다. 제주 말로 '곤밥'이라고 하는 쌀밥을 명절 때나 제삿날 조상 대접을 한 다음에나 먹어볼 수 있었던 백성들에게, 나라는 가혹하게도 마장세와 화전세 등을 물렸다.

"빼앗길 대로 다 빼앗겨 목숨밖에는 더 빼앗길 것이 없게 된 제주도 전역의 백성들이 난을 일으킨 것은 어쩌면 당연하지 않겠느냐? 그런 걸 보고 제주민 성정이 나쁘다느니 하는 건 말도 안 된다." 하시던 할아버지 음성이 지금도 귀에 들리는 듯하다.

"제주 영문의 이방 김성백이라는 이가 말을 타고 조밭을 가로질러 다니며 조가 쓰러지는 것도 아랑곳하지 않고 세금을 매기는데, 열 말 거둘 밭이면 여덟 말을 빼앗아 갔다. 세간을 갖다 바치며 감세를 탄원했지만 듣지 않았다. 화가 난 주민들이 이방의 처소에 돌팔매질을 했고, 그 죄가 죽을죄가 된 백성들이, 목숨밖에 빼앗길 게 없는 백성들이, 제주성을 점령하고 관리들을 때려죽였다."

할아버지로부터 들은 늙은 훈장 강제검이 주동이 되어 일어난 민중항쟁 얘기다.

그러나 무엇보다 제주도 사람들의 삶을 파탄시키고, 뿌리째 뽑아 버린 사건은 4·3사건이었다. 삼 만이라고도 하고 오 만이라고도 하는 사람 목숨이 파리 목숨이 되어 죽임을 당했던 4·3의 피해를 제주도 마을치고 당하지 않은 곳이 있을까?

2장
거부할 수 없는 운명의 수레바퀴

어느 날 부처님 앞에 죽은 자식을 안고 와 약을 구하는 여인이 찾아왔다.
일찍이 가난한 집에 태어나 몸이 허약했는데
천행으로 결혼만은 부잣집으로 하여 의식주는 걱정하지 않아도 됐다.
그러나 자식을 낳지 못해 무진 애를 쓰다가 늦게 옥동자를 얻었다.
시가의 경멸과 학대는 일시에 총애로 변하여 자식과 여인은
마치 쟁반 위의 구슬처럼 귀하게 되었다.
그런데 운명의 장난처럼 토실토실 무병하던 아이가 갑자기 병이 들어 죽게 되었다.
사방팔방으로 약을 구해 써보았으나 백약이 무효라 마침내 아이는 죽고 말았다.
미쳐버린 어미는 죽은 아이를 등에 업은 채,
"우리 아기에게 약을 주십시오.
우리 아기에게 약을 주십시오."하며 슬피 울면서 돌아다녔다.
사람들의 비웃음에도 아랑곳 않고 이 마을 저 마을로 쏘다니며 약을 구했다.
이 처참하고 가련한 여인에게 약을 줄 수 있는 사람은 오직 부처님뿐이라고 생각한
어떤 착한 사람이 부처님 앞으로 여인을 데려갔다.

여인은 엎드려 울며 부처님께 아이를 살릴 수 있는 약을 달라고 애원을 했다.
"그래, 약을 주지. 너의 귀여운 아기를 꼭 살릴 수 있는 약을 줄 터이니
마을의 아무 집에서나 겨자씨 조금만 얻어 오너라.
단, 한 번도 사람이 죽지 않은 집에서 구해 와야 한다."
마을로 내려간 여인은 겨자씨를 얻으며 물어보았다.
"혹시 이 집안에서 일찍이 사람이 죽은 일은 없습니까?"
"왜 없겠습니까? 부모님이 다 돌아가시고 연전에 귀여운 자식까지 잃었습니다."
"그렇다면 이 씨를 받을 수 없습니다."
여인은 또 다음 집으로 갔지만 대답은 마찬가지였다.
종일토록 헤매 보았으나 사람이 죽지 않은 집은 없었다.
"아, 사람이란 이런 것이로구나!"
서산에 해가 떨어지고 동산에 밝은 달이 솟아오를 무렵,
그 여인의 가슴에 깨달음의 종소리가 울려 퍼졌다.
그는 곧 아이를 화장하고 부처님께 달려갔다.
"겨자씨를 구해 왔느냐?"
"부처님, 이제 그 일은 끝이 났습니다. 존경하는 부처님,
오직 저를 불쌍히 여기사 저의 귀의를 받아 주십시오."
"착하다 여인이여. 떳떳한 것 다 헤지고 높은 것은 떨어진다.
만나면 이별이 있고 생자에겐 멸이 있다."
여인은 슬픔을 잊고 밝은 눈빛으로 부처님을 바라보았다.

– 파리어본 증지부경巴利語本 增支部經

비극과 원망의 제주 근대사

자식의 죽음을 받아들이지 못하고 목을 놓아 우는 어머니가 부처님을 만나 살려달라고 애원하는 모습이 눈앞에 떠오른다. 우리는 모두 죽음 앞에 아무것도 할 수 없는 무기력한 존재들이다. 다만 죽음과 맞닥뜨렸을 때 마음을 돌이켜서 죽음을 담담히 받아들일 수 있다면 그것도 귀한 깨달음을 얻는 것이리라.

부처님의 말씀을 깨닫고 죽음도 삶의 일부로 받아들여 불교로 귀의했지만, 아직도 마음의 평화를 얻지 못하고, 평생 동안 부모형제와 자식의 죽음을 가슴에 묻고 살아가는 사람들이 제주도에는 한 집 건너 한명 꼴로 숱하게 많다.

슬픔을 치료할 수 있는 건 웃음이지만, 자식을 잃은 어미가 웃는

웃음은 즐거움이 빠져버린 헛웃음에 불과하다. 사랑이 죽음보다 더 강한 것이라면 상상 이상의 아픔을 겪은 사람들에게 사랑을 쏟는 일이야말로 부처님의 자비라고 생각한다. 사랑은 상대를 아는 것에서부터 시작한다. 제주도에는 척박한 환경만큼이나 상처 받은 일들이 많다. 그 중 제주도민이 겪었던 현대사의 가장 끔찍한 비극은 아마도 4·3사건일 것이다.

1948년 4월 3일에 일어난 이 사건은 어렸을 적 겪었던 일이지만 아직도 내 기억에 선명하게 남아 있다. 어른이 물으면 "아버님 함자는 이자 만자 길자를 쓰시고 어머니 성함은 조 태순이라고 합니다." 하고, 외우고 다니며 제법 주변 사리를 분별할 줄 아는 나이였다. 그리고 4·3사건과 같이 끔찍한 사건은 아무리 어린 나이라도 평생 잊혀질 성질의 것이 아니다. 다만 그 상처가 너무 커 애써 가슴에 묻어두고 되뇌이지 않을 뿐이다.

제주도는 고려 태조 20년(938년)에 고려와 통합된 이후 많은 항쟁과 수탈과 핍박이 있었던 곳이다. 고려시대 삼별초가 원나라의 침략에 끝까지 항쟁한 곳이 제주도였고 그 과정에 많은 제주도민이 학살되고 수탈당했다. 조선시대에는 수차례에 걸친 왜구의 침략으로 피폐해졌고, 19세기에 들어서는 천주교 신부를 앞세운 프랑스의 보이지 않는 수탈이 시작되었다. 결과적으로 1901년에 이재수를 중심으로한 민중 봉기가 일어났다.

일제강점기 말에는 제국주의 병참기지화를 위해 수많은 제주도민이 징용과 수탈을 당했다. 그리고 해방이 되어 미군정이 이루어졌다. 일본군이 철수하고 외지에 나가 있던 제주인 6만여 명이 고향으로 돌아왔다. 하지만 오랜 식민통치와 전쟁으로 당장 먹고살 게 없었다. 게다가 콜레라까지 번져 수백 명이 변변한 치료도 받지 못하고 죽어갔다. 당장 내일 끼니 걱정에 전염병 걱정까지 해야 하는 최악의 상황이었다.

비극적인 현대사의 한복판 4 · 3사건

국내의 정치는 한 치 앞을 내다볼 수 없는 안개 속에서 살얼음판을 걷는 상황이었다. 대한민국 정부가 들어서기 전인 미군정 시기는 한반도가 남과 북으로 나누어졌을 뿐 아니라 사람들도 좌익과 우익으로 나눠져 극심한 대립각을 형성하면서 테러와 폭력이 난무하던 시기였다. 미국의 신탁을 찬성하는 쪽과 대한민국의 완전한 해방을 요구하는 쪽의 사람들은 한반도의 남단, 소외되고 척박한 제주도에서도 예외는 아니었다. 제주도 역시 사회주의 세력들이 주도권을 잡고 친미 세력과 갈등을 빚고 있었다.

1947년 3월 1일, 제주도에서 3·1절을 기념하는 시위가 벌어졌다. 그런데 시위 군중들에게 미군정하의 경찰이 총격을 가하는 사건이 일어났다. 경찰은 3·1절 시위 사건 이후, 검거과정에서 약 2,500명의

청년들을 구금하고 이중 3명을 고문 치사케 하였으며 후에 이 시체를 강에 던져 버리려고 시도하다 도민들을 격앙케 하였다. 이에 대하여 제주도의 민전(민족주의 민족전선)은 "싸우면서 해결의 실마리를 찾자."는 구호 아래 총파업과 동맹휴학을 일으켰다.

그러자 미군정은 육지의 경찰과 서북청년단 등을 제주도로 투입하여 무차별 검거와 투옥을 단행하여 한 달 만에 500여 명이 체포되었다. 이러한 검거열풍을 피하기 위하여 수십 명의 좌익 지도자와 많은 수의 도민들이 한라산으로 입산히였다. 제주도는 주모지를 잡기 위해 1948년 '4·3' 발발 직전까지 2,500명을 구금하였으며 테러와 고문이 잇따랐다. 제주도는 그야말로 아비규환이었다.

결국 1948년 미국과 유엔은 선거를 통해 남한만의 단독 정부를 세우기 위해 5월 10일에 선거를 하기로 했다. 그러자 전국에서 이에 반대하는 크고 작은 시위가 벌어졌고, 제주도 역시 단독 정부 반대, 미군정 반대 등의 구호를 내세우며 4월 3일에 무장봉기가 일어나게 되었다. 이 사건은 공식적으로 종결된 1949년 봄까지 무장대와 토벌대 간의 무력충돌과 토벌대의 진압과정에서 공산주의자라고 누명을 쓰고 죽거나 다친 무고한 제주도민이 4~5만 명이나 된다고 한다. 그 당시 제주도는 우리나라에서 유일하게 선거를 거부한 지역이 되었다. 그리고 제주 4·3사건은 한국현대사에서 한국전쟁 다음으로 인명피해가 극심했던 비극적인 사건이었다.

4·3사건이 터지자 당장 끼니가 걱정이었다. 모두 굶어죽게 되니까 밭에 쓰러진 곡식도 거둬다가 공동으로 나눠먹고 또 배급품이 나오면 나눠먹고 했는데 열흘분이라고 주는 것이 사흘도 지나지 않아 다 없어졌다. 쑥을 캐서 먹고 풀뿌리도 캐서 먹었는데 나중에는 그 조차도 찾기 쉽지 않아서 물로 배를 채우는 날이 많았다. 굶어죽고 얼어죽은 사람들도 부지기수였다.

제주도는 워낙 땅이 척박해서 흉년이 들면 목숨이 위태로웠다. 숲에 가서 마를 캐다 먹고 그 쓰디쓴 소리나무 열매도 먹었다. 소리나무 열매는 도토리와 비슷하지만 어찌나 쓴지 소리나무 열매에 비하면 도토리는 고급음식이었다. 가시나무 열매도 따 먹고 무릇이라고 하는 풀도 캐먹었다. 무릇은 그 중 제일 먹기가 좋았다. 밭에 자란 무릇을 캐서 소쿠리에 담아 냇가에 담근 채 자갈을 몇 개 놓고 마구 씻어대면 껍질이 하얗게 벗겨졌다. 그걸 바다에서 나는 파래랑 섞어서 하루 종일 큰 가마솥에 넣고 달이면 달콤한 엿이 되었다. 그 엿은 군 것질거리가 아니라 당장 연명해야 할 식량이었다. 4·3사건이 난 뒤에는 그마저도 씨가 말라 구하기가 어려웠다. 동네 집들 대부분은 불에 타버리고 마당에 풀만 수북이 자라 배곯은 아이들의 힘없는 울음소리만 들렸다.

다른 지역과 마찬가지로 제주도에서 농사를 지으려면 가축이 필요하다. 그것도 척박한 환경 탓에 가축에 의존하는 비중이 타 지역에 비해 월등히 높다. 제주도 재래의 목축법은 방목이다. 새순이 돋는 사월 초가 되면 날을 잡아 고사를 지낸 뒤에 말들과 소를 산과 들에 풀어놓는다. 제주말로 '테우리' 라고 하는 소와 말을 키우는 사람이 이따금 들판에 나가 휘 둘러 살필 뿐, 제주의 말과 소는 그야말로 자유롭게 음력 시월까지 놓아 기르게 된다. 그런데 4·3사건이 터지고 얼마 지나지 않아 제주도의 들판에서 소와 말을 찾아보기가 어려웠다. 대신 들판에는 소뼈와 말뼈가 수북했다. 토벌대들이 돌아다니면서 소와 말을 총으로 쏘아버렸다. 소와 말을 살려두면 무장대들이 양식으로 쓴다는 이유에서였다. 제주도에서는 소와 말이 없이는 농사를 지을 수가 없다. 주민들을 보호해야 할 토벌대들이 소와 말을 총으로 쏘고, 들판에 죽어 널브러진 소와 말은 결국 토벌대들이 잡아먹어버렸다. 토벌대에 대한 주민들의 반감은 점점 더 커졌다. 하지만 그러한 반감을 밖으로 드러낼 수는 없었다. 언제 빨갱이로 몰려 죽을지 모르기 때문이었다.

4·3사건 이후 제주도는 온 마을이 화염과 총소리가 끊이질 않는 그야말로 지옥의 불구덩이였다. 한 번은 경찰들이 마을을 돌면서 해안선에서 5Km 밖의 지역과 산악 지대는 공산주의자들이 있는 곳으로 간주하여 공격을 할 것이니 이틀 안으로 해안 마을로 내려가라고 통고를 한 적이 있었다. 대부분의 마을 사람들은 무슨 뜬금없는 소리인가하고 별 신경을 쓰질 않았다. 그도 그럴 것이 늘 나물을 캐고 농사를 짓고 나무를 하기 위해 하루에도 몇 번을 다니는 곳인데 하루아침에 가지 못할 수 없는 것이 믿기는 몇을 믿을 수 없었기 때문이다. 주민들은 심드렁하게 듣고 말았다. 그리고 설마 정말로 공격을 할까 싶은 마음도 있었다. 그런데 작전은 사정없이 수행되었다.

경찰과 군인들은 해안선 5km 밖의 마을을 닥치는 대로 불을 지르고 총질을 해댔다. 어떤 이는 총에 맞아 죽고 어떤 이는 불길을 잡으려다 타죽었다. 며칠만 지나면 사태가 끝나려니 하고 담요와 먹을 걸 조금 챙겨 굴 속으로 피신한 사람들은 폭도로 몰려 숱하게 죽어갔다.

역사의 수레바퀴에 밟힌 가족들

우리 가족 역시 죽음의 아수라장을 피할 수 없었다. 아버지가 경찰이 쏜 총에 맞은 것이다.

당시 산 속은 무장대가 숨어 있었고, 그 아래에는 군인과 경찰이 무장대와 대치하고 있는 상황에서 작은 충돌이 있었다. 그리고 경찰과 군인은 우리집 근처에 있는 학교 앞을 지나 무장대를 토벌하러 다녔다. 하루는 무장대가 마을 근처까지 내려와 학교 앞을 지나는 경찰차에 총질을 했다. 그래서 경찰이 죽었다.

당시 아버지는 어부여서 고기를 잡아 생활을 했는데 바다에 갔다와서 보니 경찰이 무장대의 습격을 받고 죽은 사건을 듣게 되었다. 무장대와 토벌대의 충돌이 이제는 해안가 마을까지 번진 것이다. 아버지는 아무래도 집에 있으면 위험할 것 같아 사람들 많은 곳으로 가자고 하셨다. 그래서 식구들은 간단한 짐을 꾸려 집을 나서게 되었다. 학교 근처에 이르러 잠시 쉬기 위해서 길에 앉아 있었다. 그런데 저 먼발치에서 흙먼지를 일으키며 차가 빠른 속도로 다가오고 있었다. 경찰차였다. 속력을 잠시 줄이며 다가오던 경찰차는 우리들 앞을 지나가면서 땅! 땅! 하는 소리를 내며 총을 쏘았다. 아마도 우리가 무장대이거나 무장대에게 협조하는 사람으로 생각했을 것이다. 토벌대의 입장에서는 그렇게 생각하는 편이 나을지도 모르겠다. 아마도 무고한 시민들에게 해를 끼치는 것에 대한 나름대로의 면죄부 정도

로 여기는 것이기 때문이리라.

너무나 순식간에 일어난 일이었다. 식구들은 너나 할 것 없이 모두 땅바닥에 엎드려 꼼짝을 않고 있었다. 얼마나 시간이 지났을까? 가족들 사이로 가느다란 신음소리가 들려오기 시작했다. 아버지의 신음소리였다. 식구들은 일제히 아버지 곁으로 갔다. 아버지는 가슴을 움켜쥐고 괴로워하고 있었다. 아버지가 움켜쥔 손에는 붉은 피가 쉴 새 없이 흘러내리고 있었다. 너무나 무서웠다. 어떻게 아버지를 병원까지 옮겼는지 지금도 잘 기억이 나질 않는다.

병원으로 간 우리는 막무가내로 의사를 붙들고 제발 목숨만이라도 살려달라고 했다. 가슴을 움켜쥐고 있는 아버지를 봤을 때 필시

심장에 총상을 입었을 것이라 생각되었다. 그래서 불길한 생각이 머리에서 떠나질 않았다. 어린 내 생각에도 아버지가 돌아가실지 모른다고 느꼈으니 말이다. 곧 수술이 이루어졌다. 다행히도 아버지는 아래 갈비뼈에 총상을 입었다. 오랜 시간이 걸려 수술은 무사히 끝났다. 우리는 안도의 숨을 내쉬었다.

하지만 병원에서는 목숨을 구하긴 했지만 상처가 너무 깊고, 아래 갈비뼈가 없는 상태이기 때문에 그리 오래 살지 못할 것이라고 했다. 하지만 우리 식구들은 감사를 드렸다. 죽은 줄로만 알았던 아버지를 다시 얻었기 때문이다.

지옥과 같은 난리통에 아버지를 집에서 치료할 수는 없었다. 병원에서 계속 치료를 받는 것이 좋겠다는 결론을 내렸다. 식구들은 집과 병원을 오가며 아버지를 간호했다. 주로 병원으로의 심부름은 어린 내 몫이었다. 다른 식구들은 바다에 나가야 했고, 밭에서 농사도 지어야 했다.

아버지가 입원해 있는 동안은 가족들 모두 힘든 것을 참고 견뎌야 했다. 시간이 지날수록 아버지도 조금씩 기력이 돌아오시고 예전의 생기를 찾아가고 있었다. 애써 말을 안 하셨지만 가족들이 힘들게 일하는 모습을 남몰래 괴로워하고 눈물도 흘리셨다.

그동안 할아버지는 혼자 배를 타고 나가 고기를 잡아야 했다. 아버지와 함께 고기잡이를 다닐 때보다 어획량이 반으로 줄었지만 할아버지는 하루도 쉬는 날이 없었다. 바람이 많이 불어 다른 배들이 항구에 정박해 있을 때도 할아버지는 묵묵히 배를 몰고 바다로 나가셨다. 그 의지가 너무나 강해 감히 말릴 수가 없었다. 할아버지는 대가족의 가장으로서 책임과 의무를 다하기 위해 엄청난 고초를 마다하지 않으셨던 것이다. 그리고 바다에 나가 아들의 쾌유를 용왕님께 매일 빌었을 것이다. 어부들이 믿는 가장 큰 신은 바다의 신이기 때문이다. 바다에 의지하고 살아온 목숨은 결국 바다의 운명에 의해 거둬진다고 믿기 때문이다. 그러면서도 할아버지는 아버지가 아직은 그 운명을 받을 때가 아니라고 생각한 것이다. 그래서 매일 바다로 나가 용왕에게 빌고 또 빌었을 것이다.

어머니는 바다로 나가 해녀 일을 하고 집으로 들어와서는 밭으로 나가 밭일까지 했다. 그렇게 힘든 일을 하면서도 단 한 번도 누구를 원망하거나 희망의 끈을 놓지 않으셨다. 마치 고행의 길을 숙명처럼 받아들인 수도승처럼 묵묵히 주어진 삶을 성실하고 최선을 다해 살고 계셨던 것이다.

어린 나이의 나는 집안일을 거들고 병원으로 심부름을 가는 것 외에는 달리 할 것이 없었다. 어머니와 할아버지께서 가족들을 위해 힘들어도 묵묵히 살아가시는 모습을 보면서 나는 늘 가족들에게 미안했다. 비록 나이가 어리지만 집안에 도움이 되지 못하고 있다고 생각했기 때문이다. 빨리 나이를 먹고 싶었다. 지금보다 조금만 더 나이를 먹으면 반드시 가족들을 위해 무언가 큰 도움이 되는 일을 하리라 마음먹었다. 왠지 그렇게 될 것 같은 느낌이 들었다.

아버지께서 병원에 입원하신 지도 어언 7개월이 지났다. 그동안 아버지는 의사의 말과는 달리 빠른 속도로 건강을 회복하고 있었다. 병원에서도 짐짓 놀라는 눈치였다. 이제 곧 퇴원을 하고 집으로 돌아갈 날이 머지않은 것 같았다. 얼마 후 정말 기적처럼 아버지께서 퇴원하고 집으로 오셨다. 하지만 아직 완전히 회복된 것이 아니기 때문에 당분간 요양이 필요했다. 하지만 아버지는 집에 돌아오신 지 며칠 후부터 할아버지와 함께 배를 타고 고기를 잡겠다고 하셨다. 식구들이 한사코 말려도 소용이 없었다. 병원에서 돌아오신 아버지께서 확인한 집안 살림은 그 전보다 더 어려워져 있었다. 그것은 불을 보듯 뻔한 일이었다. 무장대와 토벌대의 싸움이 그치지 않은 상황에서 농사는 거의 짓지 못하는 상황이었고, 고기 잡는 것 또한 할아버지 혼자서는 힘에 겨우셨기 때문이었다. 게다가 아버지 병원비까지……. 이러한 형편에 가장이 세월 좋게 요양을 하고 있을 수는 없었다. 어느 정도 거동할 만하니까 새끼들 먹여 살리겠다고 배를 타고 바다에 나가셨다. 나는 어린 나이였음에도 불구하고 마음이 불안해 아버지와 할아버지가 배를 타고 나가시면 나가지 말라고 울며 매달리곤 했었다. 왜 하필 우리는 제주도에 살면서 이 고생을 하는가 하고 참 많이 울었다. 다시는 돌아오지 않을 것 같은 불길한 예감이 언뜻 언뜻 서늘하게 내 목덜미를 죄어왔다. 그때마다 할아버지는 나의 마음을 알고 있다는 듯이 "걱정마라. 무사히 돌아와서 놀아주마." 하고 달래주시곤 했다.

제주도의 삶이 얼마나 궁핍하고 힘든가 하면, "너른 바다 앞을 재어 한길 두길 들어가니 저승길이 오락가락" 하는 잠녀의 노래가 있을 정도였다. 바다를 기대어 살아가는 사람이면 어부든 잠녀든 바다가 정해준 운명의 길을 거부할 수는 없다. 농부들 삶 역시 마찬가지였다. "제주 산은 악산이여. 보리밥을 밥이라고 먹으면서, 제주도에 태어난 일이 원망스럽구나." 하는 노래처럼 그 당시 제주도 사람들에게 하루하루를 보낸다는 것은 살아남는 것 그 자체였다.

우리 친척 중에 4·3사건으로 아버지만 피해를 당한 것은 아니었다. 어찌 보면 아버지가 가장 적은 피해를 당했다고 할 수 있다. 4·3사건으로 아버지의 사촌 동생과 사촌 제수가 빨갱이로 몰려 총살을 당했다. 그리고 그 당시 서귀에 감낀 끼답했다고 꽃쌔티니딘 둘째 오빠는 무장대와 함께 산 속으로 숨어버렸다. 그런데 아버지가 경찰의 총에 맞고 병원에 있다는 소식을 한참이 지나 전해들은 둘째 오빠는 자식 된 도리로 도저히 모른 척 할 수가 없었다. 그래서 무장대의 규율도 어기고 밤에 몰래 집으로 내려왔다. 그런데 집에 도착하기도 전에 경찰에 잡히고 말았다. 병상에 있는 아버지를 한 번만 보게 해달라고 애원했지만 소용이 없었다. 결국 둘째 오빠는 그날로 바로 순천으로 끌려갔다. 간단한 재판을 받고 1년 동안 징역을 살게 되었다. 둘째 아들이 잡혔다는 소식에 어머니는 몸져누우셨다. 그래도 우리 식구들은 다행이라고 여겼다. 깜깜한 밤이었기 때문에 자칫 경찰의 총을 맞고 죽을 수도 있었기 때문이었다.

우리 식구들의 기구한 운명은 제주도의 역사처럼 처연했다. 물론 그 당시 제주도에 살았던 많은 사람들이 나와 비슷한 생각을 하고 있었겠지만 기구한 운명의 굴레를 타고 태어난 것은 사실이다.

1년 동안 순천에서 징역을 산 둘째 오빠는 고향인 제주도에 오고 싶었지만 아직 4·3사건의 여파가 남아 있어 제주도에 오면 목숨이 위험했다. 하는 수 없이 부산에 사는 고모네로 갈 수밖에 없었다. 그곳에서 충무까지 다니면서 장사를 했다. 가끔 소식만 접할 뿐 일면식도 볼 수가 없었다. 그런데 1950년 전쟁 통에 북한군이 전라도까지 내려왔었다. 그후 둘째 오빠는 행방불명이 되어 오늘날까지 소식을 알 수가 없다. 이북으로 끌려갔는지, 제 발로 북한군을 따라갔는지, 아니면 어디서 총살을 당했는지 그날 이후의 삶은 오리무중이 돼 버렸다.

큰 오빠는 일제 때에 강제로 군대에 끌려갔다. 그때는 대동아 전쟁이 한창일 때였다. 그런데 전쟁에 투입되기 전 일본으로 건너가다 미군의 폭격을 받아 배가 가라앉고 말았다. 많은 한국 청년들이 못 다 핀 꽃으로 지고 말았다. 그렇게 고향을 떠난 큰 오빠는 끝내 고향 땅을 못 밟게 되었다. 유골이 야스쿠니 신사에 있었기 때문이다. 어머니는 무수한 날들을 큰 오빠를 위해 기도를 했었다. 유골만이라도 고향땅에 묻히게 해달라고 정화수를 띠놓고 빌고 또 빌었다. 그래서일까. 다행스럽게도 박정희 대통령 때에 큰 오빠의 유골이 조국 땅으로 올 수 있게 되었다.

하지만 아직도 수많은 사람들의 유골이 돌아오지 못하고 있으며, 어디서 어떻게 죽었는지 모르는 사람도 그 수를 헤아릴 수가 없다. 강제노역으로 끌려갔다가 일본이 패망하고 해방이 되자 부푼 가슴을 안고 귀국선 우키시마마루호에 몸을 싣고 한국으로 향하던 1만 명의 동포들이 원인을 알 수 없는 폭발로 침몰하고 말았다. 이 사고로 5천명이 죽었으며 대다수의 시신은 찾지 못했다고 한다.

뿐만 아니라 4·3사건과 관련된 유족들은 아직도 그 시신을 대부분 찾지 못하고 있다. 후손들은 구천을 떠도는 원혼을 달래줄 길이 없어 늘 가슴 한켠이 먹먹하다.

4·3사건의 상처가 채 아물기도 전인 1950년에 한국동란이 터지자 제주도에는 또다시 비극이 찾아왔다. 보도연맹 가입자, 요시찰자 및 입산자 가족 등이 대거 죽임을 당한 것이다. 그리고 전국 각지 형무소에 수감되었던 4·3사건 관련자들도 즉결처분되었다. 어른들 얘기론 4·3사건과 관련하여 제주도민 절반이 넘게 죽었다고 했다.

내 일가친척들 중에도 실제로 살아남은 남자들은 절반이 되지 않는다. 제주도가 여자가 많은 곳이라 하지만 실은 남편을 잃은 아낙들이 많은 한 많은 땅이다. 혼자 남은 여자들은 어떻게든 자식들 입에 풀칠이라도 하려고 물질을 하러 바다로 나가야 했다. 해녀들이 테왁을 안은 채 긴 휘파람 소리를 내는 숨비소리가 내겐 지금도 슬픈 한숨소리로 들린다.

3장
한순간에 찾아온 고단한 삶

지혜로운 이는 욕설과 비방을 능히 참나니
마치 꽃이 코끼리 등에 떨어지는 것과 같네.
지혜로운 이는 슬기로움으로
능히 욕설과 비방을 참아내나니
마치 커다란 바위에 폭우가 쏟아져도 끄떡없는 것 같네.
칭찬과 비방, 괴로움과 즐거움에도
지혜로운 이는 바위처럼 끄떡하지 않는다네.
만일 욕먹을 일을 했으면
그것이 참말이니 화낼 것 없고
그런 일도 없는데 욕을 하면
그것은 스스로를 속이는 미친 말이라고 생각해
지혜로운 사람은 언제나 화를 내지 않는다네.

– 잡보장경雜寶藏經

4·3사건 이후의 궁핍한 나날들

3일 동안이라도 마음을 닦는 것은 하늘에다 보배를 쌓는 일이요, 백 년 동안 물질을 탐하는 것은 하루아침의 티끌에 지나지 않는다는 생각을 요즘 자주 하게 된다.

나 역시도 물질에 대한 탐욕을 갖고 있고, 부모형제와 친척을 사랑하는 평범한 여자에 불과하다. 불교에선 삶을 고통의 바다라고 한다. 나 또한 고통의 바다에서 기를 쓰고 살아남아 여기까지 왔다. 지나고 보면 참 별 거 아닌 것에 많이도 집착하고 살았다. 홀로 태어났다가 홀로 떠나가는 인생임을 이제 알 나이지만 과거에 나는, 집착 때문에 괴로웠고, 인연 때문에 아팠고, 앞날이 막막해 많이도 울었다.

제주도에서의 성장기는 참으로 잔인한 세월이었다. 먹고 입고 자는 기본적인 욕구를 차치하고라도 예기치 않게 찾아오는 고통은 감내하기가 쉽지 않았다. 각오를 하고 겪는 일은 어떻게든 참아내고 이겨낼 수 있다. 하지만 갑작스럽게 찾아오는 일에 대해서는 어떻게 감당하고 이겨내야 할지 미처 배우지 못했다.

4·3사건 이후의 생활이 그러한 불안함의 연속이었다. 아버지가 총상으로 병원에 입원했을 때는 당연히 내가 감당해야 할 몫이 있었기 때문에 힘들어도 견딜 수 있었다. 그런데 4·3사건으로 많은 친척들이 죽고 나자 예기치 않게 집안 제사를 모두 떠안게 되었다.

4·3사건이 일어나기 전까지는 아버지 사촌이 장손이어서 제사를 책임졌었다. 그런데 그 장손이 죽고 말았다. 아버지 사촌은 세 분이었는데, 모두 죽고 아버지만 살아남은 것이다. 그래서 할아버지 4형제 제사와 고조, 그리고 다른 분들의 제사를 모으니 제사만 일 년에 스물네 번을 지내야 했다. 한끼 먹고 살기도 힘든 시기에 제사를 스물네 번을 지낸다는 것은 생살을 깎아도 불가능한 일이었다.

전쟁 이후에도 제주도의 삶은 점점 더 피폐해지고 있었기 때문이다. 제주도에서 어업 이외에 끼니를 해결할 수 있는 것은 가축을 기르고, 그 가축으로 농사를 짓는 일이다.

전통적으로 제주도에서는 가축을 방목했다. 그런데 가축을 방목하려면 들에 불을 놓아줘야 한다. 화전과 마찬가지로 들에 불을 놓아야 진드기들을 없애고 풀들을 잘 자라게 할 수 있다. 옛날부터 해 왔던 제주도만의 방목 방법이다. 그런데 전쟁 이후 제주도에 중간산 지

역에 개발업자들이 들어와 이 들에 불을 놓아 방목하는 것을 폐습이라며 항소하여 불법이 되고 말았다. 불이 번져 산불을 낸다는 것이 그 이유였다.

그러나 도민들은 이 폐습을 고치지 않았다. 잡혀서 경을 치는 한이 있어도 기어이 불을 놓는 것이었다. 감시와 처벌이 더욱 심해지자 스스로 목숨을 끊는 사람도 있었다. 오래 된 관습을 하루아침에 바꿀 수는 없기 때문이다. 그 일을 하지 못하면 산송장과도 다를 것이 없다고 생각했기 때문이다. 당국은 폐습이 고질화한 탓이라고 했지만, 마소를 키우는 사람들은 누구나 그 까닭을 알고 있었다. 불을 놓는 것(화입)을 금지시키는 것은 목축을 중단시키겠다는 의도가 깔려있다는 것을 모를 리 없었다.

중간산 개발업자들은 축산을 과학화하겠다며 화업을 폐지하는 대신에 개간과 토지 개량을 하라고 윽박질렀다. 그것은 중장비를 동원하고 우량 씨앗을 수입해 뿌릴 능력이 있는 사람만 축산을 하라는 얘기였다. 하지만 소규모 목축농인 테우리에겐 그럴 능력이 없었다.

화업이 금지되고 몇 해가 지나자 중간산의 목야지 대부분이 가시덩굴에 뒤덮여 불모지로 바뀌고 말았다. 그리고 쓸모를 잃게 되자 헐값이 되어버린 그 땅을 재벌과 투기꾼들이 다투어 사들여 제주도 중간산은 주인이 바뀌고 말았다.

어디 중간산 지역뿐일까. 제주도의 우울한 역사와 그들의 고난에 찬 삶이 앙금처럼 가라앉아, 그네들의 오기와 냉소로 바뀌고 결국은 폐쇄성으로까지 작용하지 않았을까 생각한다. 제주도민들이 폐쇄적인 이유는 육지 사람들에게 당한 패악에서 더 큰 원인을 찾아야 한다고 생각하기에 이제는, 그들을 좀 더 이해하고 감싸 안는 지혜가 필요하다고 생각한다.

이처럼 그나마 있던 것들도 모두 외지 사람들에게 빼앗기고 오로지 바다만을 바라볼 수밖에 없게 되었다. 단촐한 식구 끼니도 해결하기 힘든데 집안 제사까지 모두 맡게 되었으니 그 살림이야 오죽했을까. 지금 생각해도 몸서리가 처진다.

할아버지와 아버지의 죽음

할아버지와 아버지는 매일 바다로 나가 고기를 잡아와야 했다. 하루도 쉬는 날이 없었다. 바다 일은 보통 힘든 일이 아니기 때문에 바다 일을 하고 난 후 쉬지 못하면 그 기력이 금방 달려 큰 사고로 이어지고 만다.

결국 바람이 몹시 불던 어느 날 아버지와 함께 고기 잡으러 나갔던 할아버지는 기어이 돌아오지 못하셨다. 그물의 무게를 감당하지 못하시고 그만 바다에 빠지고 말았던 것이다. 너무나 순간적으로 일어난 일이라 아버지는 손 쓸 겨를조차 없었다. 망망대해를 넋 놓고 바라볼 수밖에 없었다. 할아버지 시신도 건지시 못하고 돌아오신 아버지는 며칠을 울고 또 우셨다. 마른 몸에 남아 있는 수분을 모두 빼낸 다음에도 마른 울음을 한참이나 우셨다.

집안에 남자라고는 이제 병약한 아버지만 남게 되었다. 큰 오빠는 일본군에 징용되어 가다가 폭격으로 죽었고, 둘째 오빠는 한국전쟁 이후 행방불명이 되었다. 그리고 바로 위 오빠는 군에 입대해버렸다. 나는 하는 수 없이 초등학교 4학년까지 다니던 학교를 그만두었다. 가난한 집안 형편에 팔자 좋게 학교를 다닐 수는 없었다.

그 당시 시집 간 언니가 곁에 살았지만 시댁 살림살이에 바빠 우리 집일을 돌볼 수가 없었다. 할아버지가 돌아가시고 난 후 나는 내 또래 아이들보다 더 많은 일을 하게 되었다. 나는 어머니랑 밭에 다니

가파도 항구로 들어오는 배

면서 밭일을 했다. 그리고 해녀 일을 배우기 시작했다.

그렇게 몇 년이 흘렀다. 악다구니로 이를 악물고 살았다. 매일 매일이 힘들고 괴로워 곧 죽을 것 같았지만 시간이 갈수록 삶에 익숙해지고 사는 것도 어느 정도 나아지고 있었다. 집안에서도 조금씩 웃음이 흘러나오기 시작했다.

그러던 어느 날이었다. 여느 때처럼 아침 일찍 일어나 아침을 준비하고 있었다. 그런데 방에서 어머니의 흐느끼는 소리가 들렸다. 이상한 생각이 들어 방으로 뛰어 들어갔다. 이제까지 멀쩡하던 아버지가 밤새 운명하신 것이다. 아버지는 4·3사건 때 총상을 당하고 한쪽 아래 갈비뼈 없이 살아오셨다. 그러나 평상시의 행동은 총상 입기 전이나 다를 바가 없었다. 식구들은 아버지의 건강에는 크게 문제가 없을 것이라고 믿었다. 아니 아무런 문제가 없다고 생각했다. 하지만 아버지는 그동안 시도 때도 없이 찾아오는 고통을 남몰래 삭히고 삭히셨던 것이다.

10년 가까이 변변한 치료 한 번 제대로 못 받으시고 가족의 생계를 위해 고통을 참으면서 칼바람 쌩쌩 부는 바다에 몸을 맡겼던 것이다. 그동안 아버지는 사는 데 바빠 제 몸 하나 건사하기도 힘들었던 것이다. 아버지가 돌아가시고 난 후 나는 얼마나 스스로를 자책하고 미워했는지 모른다. 아버지의 죽음이 마치 나 때문이라는 생각이 머리에서 떠나질 않았다. 그때 내 나이가 열여덟이었다.

부처님께서 "그대 나무의 무성한 잎 하나가 떨어지는 것이 죽음이요, 잎 하나가 나는 것이 삶이다."라고 이야기하셨다. 나뭇잎 하나의 죽음과 나뭇잎 하나의 삶에 연연하지 말라는 뜻이겠지만, 아버지의 죽음 앞에 가슴을 쥐어뜯으며 몇 날 며칠을 울었다. 평생 거친 바다에서 일만 하며 모진 세월을 견디다 힘없이 돌아가신 아버지, 지금도 눈을 감으면 햇볕에 그을린 얼굴로 빙그레 웃어 줄 것 같은 아버지 모습이 눈에 선하다.

사람이 죽으면 49재를 지낸다. 49재와 관련된 5·7 전설이 있다. 사람이 죽은 후에 멈추지 않고 일주일마다 일곱차례 제를 지낸다. 매주 칠일마다 지내는 제사 중에서 다섯 번째 칠일이 가장 중요하다. 이는 망자의 모든 친지들이 모여 밤을 지새우며 방 한가운데 탁자나 의자

를 이용하여 망향대라는 높은 단을 만들어 놓는 풍속이 있는 것에서
그 유래를 찾을 수 있다.

망향대에 관한 전설은 두 가지가 있다. 그 하나는 청렴하고 공정한
관리였던 포청천이 사후에 저승에서 염라대왕을 지내다 억울하게
죽은 혼들을 위로하고자 저승의 다섯 번째 문 앞에 망향대(죽은 넋이 저
승에서 자기의 고향이나 옛집을 바라볼 수 있는 것)를 설치하도록 하여 영혼들
로 하여금 마지막으로 고향과 혈육들을 바라볼 수 있도록 하였다는
전설이다. 나머지 전설은 포청천이 망향대에 거울을 놓도록 하여 영
혼들로 하여금 다섯 번째 칠일 날 자신의 모습을 거울에 비추어 스스
로 이미 육체가 썩었음을 알게 하여 자신의 죽음을 인정하도록 한데
서 연유했다고 하는 것이다.

집안의 대들보였던 아버지가 돌아가시고 49재를 지내고도 난 아
버지가 곁에 계신 것 같았다. 밥도 제대로 못 먹고 한숨만 나오고 걸
핏하면 눈물이 흘러내렸다. 아버지가 불쌍했다. 모진 고생만 하고 총
까지 맞고 또다시 바다로 나가 식구들 생계를 책임지다가 끝내 병을
얻어 내가 시집가는 모습도 보지 못하시고 돌아가신 아버지. 나는 비
록 아버지가 돌아가셨지만 극진히 모시기로 했다. 그래서 보름에 한
번씩 오는 '상망'에도 어김없이 제사를 지냈다.

그동안 지내야 하는 제사가 스물네 번이었지만 아버지 상망은 포
기할 수 없었다. 아버지 돌아가시고 제사를 따져보니 일 년에 제사를
마흔여덟 번을 지내야 했다. 하지만 제사가 많다고 아버지의 제사를

소홀히 할 수는 없었다. 나는 그렇게 아버지의 삼년 상을 무사히 치렀다.

그렇게 일 년이 지나니까 집 한 채를 고스란히 팔아 제사를 지내게 된 셈이 되었다. 그동안 억척스럽게 살아오면서 모으고 모은 재산이 흔적도 없이 사라져버린 것이다. 하지만 하나도 아깝지 않았다. 아버지를 위해 썼기 때문이었다.

먹을 게 없던 시절이었다. 쌀밥 구경하기는 하늘에 별따기보다 어려운 시절이었다. 간혹 운이 좋으면 제사 음식으로 차린 쌀밥을 얻어먹을 수 있었다. 하지만 바라는 사람은 많고 밥은 한정되어 있어 운이 좋아야 그 차례도 왔다. 집안의 친척들도 우리집에서 지내는 제사만 손꼽아 기다리곤 했다. 제사가 있는 날이면 초서녁부터 집안 친척들이 몰려와 좁은 집이 온통 친척들로 북적였다. 심지어 먼 곳에서도 찾아오는 친척이 있었다. 제사 때 쌀밥이나마 얻어먹으려고 찾아오는 것이다. 넉넉지 않은 살림이었지만 친척들에게 대접하는 것 또한 복된 일이라고 생각하며 어머니와 나는 즐거운 마음으로, 섬기는 마음으로 준비를 했었다.

그리고 제사에 필요한 경비와 살림살이에 필요한 경비를 구하기 위해 잠녀 일을 남들보다 몇 곱절 더 많이 하게 되었다.

4장
해녀 가장, 생계를 책임지다

부처님은 어느 날 여러 제자들과 함께 길을 가다가
무성한 산록 위에 흩어진 뼈 무더기를 보고 정중히 절하였다. 아란이 보고 물었다.
"세존님, 세존님께서는 삼계의 도사요,
사생의 자부이신데 어찌하여 그런 해골바가지에게 절을 하십니까?"
"아란아, 네 출가하여 나를 따른 지 오래지만 아직도 이런 도리를 모르는구나.
저 해골이 전날에 내 부모 형제가 아니고 누구이겠느냐,
지금 이 속에는 나의 옛 아버지의 뼈와 어머니의 뼈가 섞여 있구나."
"무엇을 보시고 어머니와 아버지를 구분하시나이까?"
"어머니의 뼈는 검고 아버지의 뼈는 희고 또 무겁다.
어머니는 한번 자식을 날 때마다 서 말 서 되의 피를 흘리고
여덟 섬 네 말의 젖을 먹이는 까닭이며,
수태로부터 생육에 이르기까지 뼈를 깎는 고통을 겪기 때문이다.
사람에게 네 가지 은혜가 있으나 부모님의 은혜보다 더 중한 것은 없다."라고 하셨다.

– 보부모은중경報父母恩重經

처음 해녀 일을 하다

처음 잠녀 일을 하게 된 것은 할아버지가 돌아가시고 난 후였다. 물론 그 전에부터 집앞 얕은 바다에 들어가 해산물을 캐고는 했지만 그것은 말 그대로 애들 장난이었다. 딱히 아이들이 놀만한 마땅한 곳이 없었기 때문에 자연스레 바다에서 놀 수밖에 없었다.

하지만 할아버지가 돌아가시고 집안 살림이 어려워지자 어떻게든 먹고 살아야 했다. 선택할 수 있는 길은 없었다. 제주도에서 여성으로 태어나는 것은 아마도 해녀로 태어나는 것이라 생각한다. 열 살 전후로 놀이 반, 일 반으로 시작한 물질은 한평생 고단한 일상으로 이어졌다. 나의 어머니가 그랬고 할머니가 그랬다.

제주엔 '딸을 낳으면 돼지 잡아서 잔치하고, 아들을 낳으면 발로

엉덩이를 찬다.'는 속담이 있다. 바닷가 마을에서는 해녀가 중요한 직업이기 때문에 딸을 선호했다. 딸은 장차 해녀가 될 것이므로 재산 밑천이라는 뜻이다.

딸을 낳으면 집안을 일으킬 본전을 낳았다고 하고, 아들을 낳으면 '내 가슴 썩힐 자식'이라고 생각했다. 제주도 사람들의 교육열은 대단해서 아들은 어떡하든 교육을 시키려고 하기 때문에 그만큼 더 고생을 해야 할 걸 생각하니 아들 엉덩이를 걷어찬다는 뜻이다.

그 당시는 고무로 만든 잠수복이 나오기 전이었다. 그래서 얇은 무명천으로 만든 '물옷'만 입고 한겨울에도 물질을 해야 했다. 무명천으로 만든 물옷을 입고 한겨울 시퍼런 바다에 들어갔다 나오면 바닷물에 젖은 그 옷에 하얀 속살이 비치는 게 처음엔 끔찍하게 싫었다. 왜 이 일을 해야 하나, 하루에도 수십 번 더 생각하고 후회하고 치를 떨었다. 하지만 시간이 지나자 차차 익숙해졌다. 고단한 삶 속에서는 개인적인 얄팍한 수치심, 자존심을 내세울 수는 없었다.

휘유우 휘유우- 물질을 끝내고 물 밖으로 고개를 내민 해녀들이 물속에서 참았던 숨을 길게 내뱉는 숨비소리를 들으며 그녀들의 삶을 안쓰러워했던 내가 어느새 숨비소리를 내는 해녀가 되어 있었다. 전복과 소라를 따기 위해 한 길, 두 길 바다 속 깊이 들어가 해산물을 채취하느라 정신을 쏟다보면 숨이 막혀 저승길이 오락가락했다.

육지와 달리 제주의 해녀들은 뭍의 밭은 물론, 물때를 맞춰 바다의 밭도 일구며 피벅친 삶의 삶을 이끌어간다. 열 살도 되기 전 애입자기를 배우고 무자맥질(잠수)을 터득하며 시작한 물질은 죽는 날까지 가족들의 생계를 떠맡으며 이어진다.

나는 그런 삶을 원치 않았다. 제주도를 떠나고 싶었다. 자기 삶이 예정되어 있고 그것을 벗어날 수 없다는 것처럼 절망적인 게 있을까? 나는 어머니와 할머니들의 기구한 운명과는 다른 삶을 살고 싶었다. 육지로 나가고 싶었다. 더 큰 세상을 보고 더 큰 꿈을 꾸고 싶었다. 하지만 가족의 생계는 내 발목을 붙잡았다. 처녀시절 제주 바다는 출렁이는 거대한 감옥이었다.

가슴이 터질 듯한 고통을 참아내며 잠수만 하루에 수백 번을 했다. 물 위에 떠있는 테왁을 끌어안고 휘유우 휘유우- 하는 숨비소리를 내며 긴 숨을 고르는 순간에 내 여린 목숨이 살아있음을 실감했다.

테왁은 수면 위에서 해녀들이 매달려 쉴 수 있는 생명선이다. 해녀들이 허리에 찬 납 벨트는 물 속에서 부력을 조절하기 위해 필요한 중요한 장비로 보통 10~20kg에 육박하는 무게다. 그것을 허리에 둘러 몸을 의지해야만 바다 속에서 자유로운 물질을 할 수 있고, 급하게 수면으로 떠오르는 일을 방지할 수 있다.

해녀들이 간간이 물에서 올라와 쉬는 장소인 불턱은 거센 바닷바람을 피해 모닥불을 피워 해녀들이 쉴 수 있도록 만든 반달형의 돌담이다. 해녀들의 노천탈의장이기도 하다. 마을 해녀들의 집합장소인 이곳에서 해녀공동체가 형성되기도 한다. 나이 어린 해녀들은 불턱에서 경험이 많은 해녀의 얘기에 귀를 기울였다. 불턱은 서러운 직업의 전승이 이루어지는 장소였다.

숨이 차 문어를 못 잡고 아쉬워하는 얘기, 손바닥만한 전복을 잡은 얘기를 시작하다 보면 어느새 불턱은 동네 여성들의 사랑방이 된다. 남편이 어제 저녁에 술 마시고 주정부린 일, 결혼 못한 아들 걱정, 옆 동네에서 갓 시집온 어느 집 며느리 흉, 마을 모든 집의 가정 대소사까지 거침이 없다.

그래서 불턱은 해녀들끼리는 신이 나는 장소였지만 남성들은 싫어하는 장소였다. 모든 동네소문이 여기에서 피지고 남자들 흉이 여기서 전파되기 때문에 불턱을 보는 남자들의 시선이 고울 리가 없었다. 이 때문에 불턱에서 오고간 얘기들은 그날 저녁 부부싸움의 원인이 되고 집안끼리의 싸움으로 이어지기도 했다.

불턱은 어린 아이들에게 최고의 놀이터가 되기도 했다. 마땅한 놀이터가 없던 아이들은 학교가 끝나면 해안가로 자연스레 모여들고, 불장난이며 해안 돌들을 뒤집어 잡아온 소라, 문어 등을 구워 먹기에는 이보다 좋은 장소가 없었기에, 해녀들이 물질을 끝내고 해안가로 모습을 드러내기 전까지 이 불턱은 동네 아이들의 차지가 되었다. 물질을 끝낸 어머니가 모습을 보이면, 억센 사투리의 꾸지람이 무서워 뒤도 안 돌아보고 집으로 뿔뿔이 흩어져 도망을 치던, 어린 시절의 꿈과 추억을 만들던 곳이기도 했다.

그때 함께 놀던 동무들은 다 어디로 뿔뿔이 흩어졌는지……. 누군 죽고, 누군 헤어고 누디기 병을 싫이 오늘내일한다고도 했다. 어떤 친구는 서울에서 살면서 호의호식한다는 얘길 풍문으로나 들었지 만나볼 길은 없었다. 내가 어릴 적 그 친구들을 그리워하듯이 그 친구들도 나를 보고 싶어 할 거라 생각하면서 스스로 위안을 삼을 뿐이다.

잠수를 할 때는 물 위에 띄워놓는 테왁, 채취한 해산물을 담는 망사리, 물 위로 떠오르는 것을 막기 위해 허리에 차는 납띠, 작은 낫같이 생긴 물호미가 기본 장비였다. 특히 물호미는 홍합을 채취할 때는 반드시 챙겨야 한다. 해녀들은 주로 전복을 채취하고 소라, 해삼, 문어 등을 계절에 맞춰 잡는데 홍합작업이 가장 힘들다. 홍합은 깊은 물에 살아 잠수를 오랫동안 해야 하고 바닥에 뿌리를 박고 있기 때문에 캐내기도 어렵다.

한 번은 커다란 홍합을 캐내다 정신을 잃고 말았다. 눈앞에 환한 빛줄기가 비치더니 환한 동굴이 펼쳐졌다.

'아 이런 게 죽는 거로구나. 죽으면 할아버지도 만날 수 있겠구나.' 하는 생각이 들었다. 마음 한편으론, '내가 죽으면 남아 있는 식구들은 어떻게 살지? 이렇게 죽는 건 너무 억울하지 않나?' 하는 생각도 들었다. 그 순간, 누군가 내 팔을 붙잡았다. 산달이 다 되어도 물질을 계속하다가 그만 바다에서 출산을 했다는 해녀였다.

선배 해녀들이 숨을 번갈아 불어넣어주어 나는 겨우 살았다. 손에 커다란 홍합을 쥔 채 나는 가쁜 숨을 몰아냈다. 어린 나이에 죽음의 문턱까지 갔다 온 나는 바다가 무서워졌다. 나는 살고 싶었다. 바다는 할아버지도 삼키고 언젠가 나도 기어이 삼키고 말 거라는 공포감에 몸서리를 쳤다. 하지만 그러한 공포를 극복해야만 나와 가족이 살수 있다는 것도 알고 있었다.

어릴 적 처음 잠녀를 시작할 무렵에는 한동안 바다가 꿈속까지 따라와 날 괴롭혔다. 잠이 들면 거대한 상어와 해파리가 사정없이 달려들었다. 악몽에서 깨어나 미친 듯이 들판을 달리다보면 어느새 할머니 무덤까지 와 있었다. 호미 날만 닳게 하는 돌밭을 평생 갈다가 결국 보리밭둑에 묻힌 할머니 무덤을 끌어안고 운 적이 한두 번이 아니다.

"할머니, 살아도 살아도 고단한 세상, 나 그만 살까요? 할머니 계신 곳은 배 안 곯고 안 추운가요? 만약 그런 곳이면 제발 나 좀 데려

가시오." 하고 밤마다 울부짖었다.

잠도 못 자고 먹을 것도 제대로 먹지 못해 몸은 야윌대로 야위었다. 바다에 들어갈 엄두가 나지 않았다. 밤마다 검푸른 바다는 날 덮쳐눌렀다. 이대로는 안 되겠다 싶었다. 이러다 태어난 보람도 없이 정말 죽어 버리겠구나 하는 생각이 들었다. 난 뭔가 의지할 것을 찾기 시작했다.

제주도는 일만 팔천의 신들이 존재하는 신들의 고향이라고 한다. 바다로 둘러싸여 있어 어업에 종사할 수밖에 없는 삶은 늘 죽음과 마주해야 했고 척박한 자연조건하에서 풍요로운 수확과 집단의 안녕과 번영을 기원하는 마음이 다양한 신들을 모시게 했을 것이다.

제주도에서는 마음의 빔은 본향당이라 치는데 본향은 제주사람들의 고향이라는 뜻이다. 이곳의 당신堂神은 마을의 수호신으로 마을공동체의 삶과 마을 주민 개개인의 마음의 위안을 찾도록 보살펴 준다고 믿고 있다.

살아갈 길이 막막하고 한숨이 나올 때마다 난 본향당을 찾아 절을 하고 기도를 했다. 그러면 왠지 마음이 좀 가라앉는 듯했다.

어느 날 본향당에 절을 올리고 나와 집으로 가는 길에 "그래도 산 사람은 살아야지 어쩌겠나?" 하는 소리가 내 입에서 튀어나왔다. 나도 모르게 튀어나온 내 목소리에 깜짝 놀랐지만 곧이어 심장이 빠르게 뛰기 시작했다. '살아야지. 어려운 시기를 헤쳐 나가야지! 할아버지가 날 보살펴 주실 거다. 힘을 내자!' 하고 속으로 중얼거리면서 집에 돌아와 테왁과 물안경을 챙겼다.

하지만 먹고살기 위해 들어간 바다는 호락호락하지 않았다. 숨은 금방 차오르고 머리는 깨질 듯이 아파오면 바닷물을 삼켜서 테왁을 끌어안고 헛구역질을 해댔다. 물안경 없이 맨 눈으로 재미삼아 미역이며 바위에 간당간당 붙어 있는 소라를 주을 때와는 천양지차였다.

그래서 어른들은 물질을 쉽게 볼 일이 아니라고 했던가. 무슨 일이든 그랬지만 마음먹고 덤벼들어도 '일'이라는 건 마음먹은 대로 되지 않는 법이었다.

나는 테왁에 몸을 의지해 가쁜 숨을 뿜어내며 한동안 출렁이는 바다에 떠 있었다. '여기서 포기하면 안 돼! 여기서 포기하면 내 삶은 지는 거다!' 하고 생각하며 이를 악물었다.

얼마쯤 지났을까. 자맥질을 치며 작업하는 무리들의 내뿜는 숨소리가 여기저기서 들렸다. 해녀들은 홀로 떨어져 물질을 하지 않는다. 해물에 욕심을 내고 정신이 팔려 혼자 멀리 떨어져 작업을 하다가는 언제 무슨 일을 당할지 알 수 없기 때문이었다.

그래서 물 위로 떠오르며 내뿜는 숨소리는 자신이 살아 있다는 신호이기도 했고 작업하는 곳을 알리는 신호가 되기도 했다. 그런데 나는 작업은 제대로 하지도 못하면서 맥없이 가쁜 숨소리만 짧게 내뱉을 뿐이었다.

'서두르지 말자! 포기하지 말자!'고 속으로 다짐하면서 해녀들의 숨소리에 귀를 기울였다. 깊은 바다에 들어가 작업을 하는 상군 해녀 일수록 그 숨소리는 길고 가늘게 치솟았다. 흡사 풀피리를 불어대는 듯, 폐부 깊은 곳에서 떨려나와 차츰 가늘게 잦아드는 날숨소리는 그만큼 숨을 오래 참고 있었다는 증거이기도 했다. 나는 최대한 숨을 들이쉬고 바다의 품으로 자맥질해 들어갔다.

그렇게 바다와 나는 하나가 되고 있었고 잠녀 일이 숙명처럼 편안하게 다가왔다.

모질고 징한 해녀살이

지금 와서 지나온 삶을 돌이켜 생각해보면 아픈 인연도 많았고 고마운 인연도 많았다. 나 또한 누구에게는 고통을 준 인연이었고 또 누군가에게는 고마운 인연이었을 것이다. 이 땅에 목숨 붙은 것으로 와서 내게 목숨을 준 부모님만큼 고맙고 자애로운 인연이 있을까? 그렇기에 그 인연이 끊어질 때의 아픔은 또 얼마나 클 것인가!

나의 인연의 끈은 아버지가 돌아가셨을 때 세상에 있는 나의 모든 끈도 사라지는 줄 알았다. 하지만 아버지가 돌아가시고 어머니와 남게 되면서 나는 또 하나의 소중한 인연을 깨닫게 되었다. 부모와 자식으로 맺어진 인연은 죽어서도 영원히 존재한다는 사실을 몸으로 느낄 수 있었다. 그리고 부모를 부양하는 것 또한 소중한 인연의 또 다른 모습이라는 것도 알게 되었다. 나는 아버지가 돌아가시고 난 후 집안의 실질적인 가장이 되었다. 세파에 병약해진 어머니를 대신해서 집안의 대소사를 책임질 의무가 생긴 것이다. 그리고 그 책임을 다할 수 있도록 도와주는 것은 바다였다. 잠녀 일이었다. 파도가 거셀수록 난 이를 악물었다. 시집가기 전까지 내가 벌어서 어머니께 집을 사드려야겠다는 결심을 했다.

이여사나 이여사나
넓은 바당 앞을 재여
혼질 두질 나아가곡
짚은 바당 짚일 재여
혼질 두질 들어가민
저싱질이 왔닥갔닥
이여사나 이여사나.

(넓은 바다 앞을 재어/한길 두길 나아가고/깊은 바다 깊이를 재어
/한길 두길 들어가면/저승길이 왔다가 갔다가) - 해녀노래

칼날 같은 파도가 몰아치는 바다는 늘 내 목숨 전부를 걸 것을 요구했다. 오로지 호미와 빗창으로 바다 밭을 일구며 숨비소리 하나만이 내가 살아 있다는 신호였다. 파도와 바람이 거세지면 거세질수록 내 숨소리도 커졌다. 오직 바다만이 생을 유지할 유일한 터전이고 바

다만이 내 유일한 희망이었다.

밀물이 썰물로 바뀌거나 썰물이 밀물로 바뀌는 1시간 40분 가량 되는 때가 바닷물의 흐름이 거의 없어 작업하기가 좋다. 해녀들은 이때에 맞춰 작업 나갈 시간을 정하고 작업장소도 결정한다.

해녀마다 각기 자신의 작업 장소를 정하고 테왁과 망사리를 바다에 던진다. 해녀들은 다리를 넓게 벌리며 바다로 뛰어든다. 머리를 물 속에 넣어 바다 속을 살피고는 자맥질해 들어간다.

나는 20살도 안 된 처녀의 몸으로 울릉도까지 가서 물질을 한 적도 있었고 삼천포까지 가서 작업을 한 적도 있었다. 삼천포는 내가 태어나 처음 밟아보는 육지였다. 3월이 되면 여자 인솔자가 12명 ~ 15명이 해녀를 모아서 넘기게야으로 원정 문진을 삿다.

인솔자가 선주에게 우리를 넘기면 선주가 채취 물량의 7할을 갖고 우리 몫으로 3할을 쳐줬다. 잠은 마음 맞는 사람들 몇 명씩 동네 사람들 방을 얻어서 잤다. 물질을 갔다 와서 밥을 해서 먹고 뜨개질도 하고 물결이 좋지 않을 때는 장에 나가 구경하는 재미도 있었다. 삼천포 시내에 있는 시장에서 명절 선물을 하나씩 사서 방에 두고 쓸어보며 어머니의 얼굴을 떠올리기도 했다. 어떤 날은 할아버지, 아버지의 얼굴이 바다 속에서 아른거리기도 했다. 그럴 때면 숙소에 들어와 한참을 울었다. 그러면 옆에 있던 다른 해녀들도 저절로 눈물을 흘리곤 했다.

가족이 그립다고 당장 고향으로 돌아갈 수는 없었다. 배만 타면 일에 집중해야 했다. 우선, 배 위에 앉아 작업할 장소를 정한다. 점심시간을 넘겨가며 작업을 하지만 식사를 하지 않는다. 거꾸로 잠수해 들어가기 때문에 음식이 받질 않기 때문이다.

해녀들 모두 쑥 한 주먹씩을 캐서 물안경을 바닷물에 헹구고 쑥으로 문지른다. 이렇게 하면 잠수했을 때 뿌연 김이 생기지 않았다. 나이 든 해녀들은 진통제 가루약을 입에 털어 넣고 물안경에 물을 따라 마신다. 해녀들은 만성 두통과 고혈압에 시달리는 사람들이 많았다.

해녀들은 이러한 바다 밑을 '바다밭'이라고 한다. 바다밭은 바다 환경에 따라 각기 다른 해산물이 채취된다. 바다밭에는 소라 전복 홍합 해삼 등 해녀들이 즐겨 찾는 해산물이 주로 서식하고 있다.

물은 여름에 맑아졌다가 가을에 어두워진다. 해녀들이 초겨울까지만 작업을 하는 것은 추위 탓도 있지만 물이 어두워져 시야가 가리기 때문이다. 여름에 작업 일수가 많고 겨울에 작업 일수가 반으로 주는 것도 이 때문이다.

조금에 맞추어 작업을 나가는 것도 시야 확보와 관련돼 있다. 사리때는 조류가 세기 때문에 뻘이 일어나며 앞이 잘 보이지 않는다. 조금 때가 돼야 작업이 가능해진다. 간조 만조, 조류의 영향도 당연히 따진다. 해녀들은 "물이 뜬다."는 말을 하는데 이때는 밀물과 썰물이 바뀌는 동안, 바닷물 흐름이 없어 시야가 가장 밝을 때이다. 또한 사리가 가까워질수록 조류의 영향을 덜 받는 '만灣'을 택해 작업한다.

해녀들은 바람에도 예민하다. 이 역시 시야와 관계가 있다. 샛바람이 불면 되도록 작업을 나가지 않는다. 이때는 파도가 높아지고 물이

탁해져서 고생하는 것에 비해 채취량이 못 미치기 때문이다. 그러나 하늬바람이 불면 어느 곳에서든지 물질이 가능해 채취량도 많다. 특히 가을철 전라남도의 완도, 보길도 같은 곳은 다른 지역보다 작업하기가 조금은 수월하기도 하다. 하지만 그렇다고 모든 사람들이 수확물이 좋은 것은 아니다.

해녀들은 해산물을 적게 딴 해녀를 보고 장난삼아 "자네 오늘 똥꾼 돼 부렀네."라는 말을 건넨다. 물질을 제일 잘하면 상군, 어지간히 하면 중군, 물질을 막 시작해서 힘들어하면 하군, 또는 똥군이라고 했다. 난 한 번의 고비를 겪고 결혼도 하기 전에 상군이 되어 있었다.

물안경을 벗는 내 얼굴은 땀으로 가득 차 있다. 콧잔등에서 땀이 뚝뚝 떨어진다. 숨을 내뱉을 때마다 '호오이 호오이' 숨비소리가 저절로 났다. 배 위에 올라와서도 쉬지 않고 망사리에서 홍합을 꺼내 포대기에 주워 담는다. 해녀들의 물질에 대한 집착은 대단하다. 작업하는 내내 한시라도 빨리 바다 속으로 뛰어들기 위해 서두른다.

그렇게 십여 차례 바다에 뛰어들었다가 오후 2시가 되어서야 물질을 끝낸다. 그제야 간단한 음식을 먹는다. 다른 해녀들은 두 자루에서 세 자루 정도 소라와 전복을 채웠지만 난 거의 매일 네 자루가 넘게 채웠었다.

지금 생각해도 해녀로 살았던 그때가 바로 엊그제 같이 생생하게 기억이 난다. 그때 일을 생각하면 아무리 삶이 힘들고 고달퍼도 바다 속에서 숨을 참고 일을 하는 해녀들보다 힘들겠는가 하고 고단한 삶과 정면으로 맞설 수 있는 용기가 나곤 한다. 어쩌면 지금까지 살아온 에너지 중 많은 부분이 아마도 그때의 해녀 일이었을 것이다.

요즘 젊은이들이 너무 나약하다는 얘길 종종 듣는다. 난 젊은이들에게 내가 살아왔던 이야기를 들려줌으로써 그들이 더 강해지길 바란다.

해녀들이 서로의 목숨을 책임지듯이 다른 사람을 배려할 줄 알고 희생할 줄 아는 사람들이 되길 바란다. 정말이지 모든 것은 마음먹기에 따라 일순간에 달라지는 것이다. 한때 죽음을 생각했을 때 '자살'이라는 단어가 머릿속을 맴돌았다. 그런데 글자를 반대로 하니 '살자'가 되었다. 한번뿐인 인생, 그렇게 마음 하나 바꾸면 또 살아낼 용기가 생긴다.

잠깐 꿈꾼 듯이 살았다가 눈을 떠보니 어느새 얼굴엔 주름이 가득하고 머리는 하얗게 세고 말았다. 고통도 한도 많은 인생이었지만 나는 나름대로 최선을 다해 부끄럼 없는 생을 살았다.

저승에서 어머니를 만나면 "너 고생 참 많았다. 네가 고생한 게 너하나 잘 먹고 잘 살려고 한 게 아닌 걸 내가 다 안다. 네 고생한 게 다 남을 위한 보시다. 대견하다. 내 딸아." 하고, 꼭 안아주실 거라고 생각하면 저승 가는 길도 무섭지 않다.

부처는 "하나의 양초로 수천 개의 양초를 밝힐 수 있다. 그래도 그 양초의 수명은 짧아지지 않는다. 행복은 나누어주는 것으로 줄어들지 않는다."고 말했다. 많은 사람에게 행복을 나눠주지는 못했지만 행복을 나누려고 노력하는 삶은 살았다고 생각한다. 그리고 앞으로 남은 생도 나만을 위해 살지는 않겠다고 다짐한다. 돌아가신 아버지, 어머니가 그러하셨듯이…….

5장
결혼, 인륜지대사

일체 중생이 스스로 지은 업은 백 겁을 지나도 저절로 없어지지 않나니,

인연이 모이는 날에 그 과보는 정녕 피할 길 없다네.

– 불설광명동자인연경佛說光明童子因緣經

한번 지은 업은 사라지지 않는다

우주에 존재하는 일체만상과 모든 존재들은 업에 의해서 만들어
졌고 업장소멸을 하면서 자신을 지워간다. 업은 남을 아프고 쓰라리
게 하려고 만들어진 것이 아니다. "부처님께서는 우리에게 입으로는
항상 좋은 말을 해야 한다."고 말씀하셨다. 마찬가지로 귀는 항상 남
의 이야기를 바르게 들어야 한다고 했다. 눈 역시 마찬가지다. 그야
말로 하나하나가 남에게 이바지하기 위해 만들어졌다고 하셨다. 한
량없는 세월을 윤회하면서 지어 온 업을 탕감하기 위해 부처님께서
는 "눈, 귀, 코, 혀뿐 아니라 몸과 마음까지도 바르게 써야 한다."고 말
씀하셨다. 말 한마디라도 잘못하면, 화살이 되어 반드시 나에게 되돌
아온다는 것이 업의 법칙이다. 어떤 일로 상대방에게 괴로움을 당하

는 것은 절대로 우연한 일이 아니다. 업의 법칙, 인과응보의 법칙에 따른 것이다. 그러니까 무심코 내뱉은 말 한마디가 지금은 아무런 메아리가 없을지라도 세월이 흘러가면 반드시 나에게 되돌아와 업보로 작용하게 된다. 이렇게 한번 지은 업은 억겁이 지나도 사라지지 않고 인연을 만나면 다시 생기生起하는 것이 업의 법칙이다.

부처님은 일체만상이 인연에 따라 연기緣起되는 것이라고 말씀하셨다. 즉 원인이 되는 씨앗이 이미 심어져 있다 해도 그 씨앗에 어떠한 연, 즉 조건을 가하는가는 전적으로 자기 자신에게 달려 있다고 하셨다. 또한 미래에 받을 업보의 원인을 어떻게 지을 것인가 역시 스스로의 자유의지에 달려 있다는 것이다.

결혼, 내 생의 모질고 독한 인연

세상에서 가장 소중한 것도 인연이요, 가장 모질고 독한 것도 인연이 아닐까 싶다. 사람의 인연 중에 가장 질긴 인연이 있다면 결혼일 것이다. 사람은 사람 때문에 상처받고 또 사람 때문에 위로도 받는다. 그래서 불가에선 사랑하는 사람을 만들지도 미워하는 사람을 만들지도 말라고 한다. 사랑하는 사람은 못 만나 괴롭고 미워하는 사람은 만나서 괴로우니까.

그 당시 내가 시집 갈 나이가 되었을 때는 처녀들이 억척스럽게 일만 할 줄 알았지 연애니, 사랑이니 하는 감정을 모르고 살았던 것 같다. 결혼도 부모님이 결정하시면 그냥 따르는 게 당연한 걸로 알았다. 나와 평생을 함께할 인연을 당사자가 아닌 부모님의 결정을 따른다는 것이 지금 생각하면 말도 안 되는 얘기지만 그 당시에는 그것이 당연한 걸로 알았다.

내가 시집 갈 나이가 되자 어떻게 알았는지 하루에도 몇 번씩 중매장이가 우리집을 들락거리기 시작했다.

제주도는 예로부터 같은 자연부락 내의 혼인이 많이 이루어져 왔다. 혼담이 무르익어 신부 가정에서 결혼이 허락되면 신부 측에서 신부의 생년, 월, 일, 시를 신랑에게 주는 데 이를 사주를 내준다고 한다.

나는 만약에 시집을 가세 된나면 우리집이 원체 가난하니까 재산이 있는 집으로 가야겠다는 결심을 오래 전부터 하고 있었다. 그래서 중매장이의 이야기에 유심히 귀를 기울였다. 그리고 어머니께 중매장이의 얘기를 꼭 되물어보았다. 그러던 어느 날, 그러니까 내가 22살이 되었을 때였다. 몇 달째 드나들던 중매장이가 입가에 미소를 머금고 호기 있게 집안에 들어왔다. 그리고는 신랑 집 이야기를 침이 마르도록 쏟아놓기 시작했다.

중매장이의 이야기로는 신랑 될 집이 밭도 좀 있고 집도 있다고 했다. 신랑의 할아버지는 동네에서도 알아주는 부자였는데 아들 4형제와 딸 둘이 재산을 나누면서 신랑 될 집은 제일 막내여서 재산을 조금 물려받았지만 그래도 부자 축에 들어간다고 했다. 집도 기와집이라고 했다. 그 당시 기와집에 산다는 것은 대대로 부자 가문이라는 것을 의미하는 것이었다.

막상 내가 원하는 조건의 신랑이 나타나자 갑자기 나도 모르게 꺼려지는 마음이 생겼다. 어머니 혼자 두고 시집간다는 것이 못내 서운하고 미안했고 신랑 될 집 재산을 보고 팔려가는 내 신세가 처량하다는 생각도 들었다. 그 당시의 풍습이라고는 하지만 왠지 내키지가 않았다. 물론 신랑 될 집에서도 물질을 잘 하는 젊은 해녀를 데리고 가면 손해 보는 일은 아닐 것이다.

하지만 나는 한동안 마음을 주체할 수가 없었다. 금방 시집을 가고 싶다가도, 얼마 후에는 어머니와 이대로 평생 살고 싶다는 생각도 들었다. 병약한 어머니를 혼자 두고 시집가서 혼자 잘 먹고 잘 사는 것은 불효라고 생각했다. 물론 어머니는 집안 신경 쓰지 말고 좋은 데 시집가서 잘 살라고 하셨지만 왠지 내키지 않은 것은 사실이었다.

그렇게 몇 달이 지난 것 같다. 중매장이와 신랑 집에서 보채기 시작했고 나는 어쩔 수 없이 끌려가고 있는 나를 발견할 수 있었다. 그러고 보니 신랑 될 사람의 얼굴은 한 번도 본 적이 없었다. 무엇을 하는 사람인지, 성격은 어떤지 물어볼 겨를도 마음도 없었다. 그저 숙명처럼 바람이 부는 대로 흘러가고 있었다.

그 당시 제주도의 혼례 풍습에는 신부 측에서 살림을 마련하게 되어 있었다. 살림이라고 해봐야 이불, 요강, 빗, 거울 등이 고작이었다. 제주 여성들은 시집가기 전부터 사시사철 밭농사를 꾸준히 짓고, 해녀 일을 해서 혼수를 장만하고 집안 경제에 보탬이 되는 것을 당연하고 당당한 일로 여겼었다. 그래서 대부분의 신부들은 스스로 번 돈으로 살림을 장만해서 가는 걸 당연하게 여기고 있었다. 그런데 나는 그나마도 마련할 형편이 못 되었다.

동해로 서해로 전국을 다니며 해녀 일을 했지만 그만한 돈이 없었다. 그렇다고 내가 허튼 곳에 돈을 쓰거나 한 것은 아니다. 남들보다 더 이를 악 물고 돈을 모았으면 모았지 단 한 푼도 헛되이 쓰는 일은 없었다.

그동안 내가 번 돈은 집안 제사에 쓰일 경비로 많은 부분이 쓰였고 나머지를 악착같이 모아 시집가기 전에 집 한 채를 장만할 정도 모았다. 아버지가 돌아가시고 상갓게비들 지내면서 집을 잃었던 맺이 못 내 가슴에 맺혀 있었다. 그래서 어떻게든 돈을 모아 시집가기 전에 어머니에게 집 한 채를 장만해 드리고 싶었다.

혼담이 오가고 얼마 지나지 않아 양가 어른들은 혼례를 치르기로 약조를 했다. 요즘 말로 하면 약혼을 한 것이다. 그러자 나는 마음이 더 바빠졌다. 결국 그동안 모은 돈을 어머니를 위한 집 한 채를 장만하는 데 다 쏟아부었다. 나는 이제 돈이 한 푼도 남아 있지 않았다.

양쪽 집을 부지런히 오가던 중매장이가 신부가 장만해야 할 물품에 대해 요목조목 알려주었다. 우리집 형편을 봐서 최소한으로 목록을 잡았다고 했다. 정말로 최소한으로 간소했다. 하지만 나는 한 푼의 돈도 없었다. 나는 조용히 중매장이에게 이 결혼을 미루거나 물릴 수는 없는지 물었다.

중매장이는 "세상에 약혼까지 한 마당에 결혼을 물리자는 신부는 처음 본다."며 내가 아직 나이가 어려 막상 결혼을 하려니 마음이 혼란스러워서 그런 것이니 시간이 지나면 금방 해결될 거라고 했다.

나는 창피한 이야기지만 돈이 한 푼도 없기 때문에 혼수를 장만할 수 없다고 솔직하게 말할 수밖에 없었다. 중매장이는 얼굴이 잿빛으로 변하더니 한동안 말이 없었다. 그동안 해녀 일을 하며 번 돈은 어디다 썼느냐고 묻기에 집 장만하는 데 다 써버렸다고 말했다. 이제는 아쉬움도 미련도 없다는 생각을 하니까 결혼을 하지 않고 사는 것도 나쁘지 않겠다는 용기가 생기기 시작했다. 그래서 더욱 당당하게 말할 수 있었다. 나는 혼수 장만할 돈이 없으니 그냥 데려가려면 데려가고 그렇지 않으면 결혼은 없었던 것으로 하자고 했다.

며칠 뒤 신랑 될 집에서 사람을 보내 혼수 장만할 돈을 보내왔다. 그때 돈으로 십 원을 보낸 것 같다. 나는 할 수 없이 모든 것을 체념하고 결혼식을 올리기로 했다.

바람처럼 왔다가 바람같이 가버린 신혼생활

제주도에서는 혼례를 다른 지역과는 달리 신랑 집에서 한다. 하지만 신랑이 신부를 모셔와야 한다. 그래서 결혼 당일에 신랑이 상객

4~5명과 함께 신부 집으로 간다. 이때 신랑 측에서는 예물로 납폐라고 해서 무명(2~4필)이나 광목(1통)을 홍세함(타도에서는 그냥 함이라 한다) 속에 예장과 더불어 넣고 붉은 보로 싸가지고 가야 한다.

신부 측에서 예장에 아무런 이의가 없으면 신랑은 신부 집 안내자의 안내를 받으며 방에 들어가 상을 받고 신부는 부모와 작별인사를 나누게 된다. 그리고 가마를 타고 신랑 집으로 향한다. 결혼식 날 나는 무척 울었다. 시집 갈 때 울면 안 된다고들 하는 데 나는 울음을 참지 못했다. 혼자 남겨진 어머니와 딸의 결혼식을 보지 못하고 일찍 돌아가신 아버지와 할아버지 그리고 오빠들이 생각났기 때문이다. 얼마나 울었던지 곱게 바른 분을 몇 번을 고쳤던 것 같다. 결혼식을 어떻게 치렀는지 기억이 잘 나질 않는다.

그리고 결혼식 다음날 신랑, 신부와 시댁 어른들이 인사차 신부 댁을 찾아가는 풍습이 있었다. 하지만 내가 결혼을 할 때는 이 의례를 생략했다. 이제 죽으나 사나 신랑 집 귀신이 되어야 하는 데 자꾸 눈물이 나서 어떻게 할 수가 없었다. 그리고 무엇보다 신랑이 고주망태가 되어 일어나질 못했기 때문이었다. 원래는 신부 댁으로 갈 때는 신랑의 자매 혹은 친지 여인이 술과 음식을 갖고 가는 게 일반적인 의식이었다. 신부 댁에서는 안사돈과의 인사를 중심으로 양가 근친 간의 인사가 교환되고 간략한 가문잔치가 베풀어진다. 그날 신랑은 신부 댁에서 하룻밤을 묵는 게 상례였다.

그런데 시집가서 삼 일이 지나자 남편이 집에 들어오지 않고 술타

령을 하기 시작했다. 그 당시의 제주도 남자들은 술을 많이 마셨다. 다른 지역처럼 개발이 이루어지는 것도 아니었고 고기잡이 외에는 별로 할 일이 없었기 때문에 남자들은 삼삼오오 모여 술판을 많이 벌렸다. 신랑도 특별히 일거리가 많지는 않았기 때문에 자주 사람들과 어울리면서 술을 마셨다.

나는 제주도에서 남자들의 삶이 얼마나 무기력하고 측은한지를 누구보다 잘 알고 있었다. 그래서 술 마시는 것에 대해서는 크게 말을 하지 않았다.

그런데 신랑에게는 나도 알지 못했던 치명적인 나쁜 버릇이 있었다. 술만 먹었다 하면 폭력을 휘두르는 것이었다. 하지만 폭력보다 더 못 견디는 것은 바로 남편의 바람기였다. 조금 산다는 집 자식에다 생긴 것도 준수한 젊은 신랑이다 보니 술만 마시면 젊은 혈기를 참지 못하고 바람을 피우고 다니는 것이었다. 더한 것은 한 번 바람을 피우면 몇 개월씩 집에 들어오지 않고 결국 돈이 다 떨어질 때쯤 돼야만 어슬렁어슬렁 집에 들어오곤 했다는 것이다.

나는 이대로는 살 수가 없을 것 같았다. 다른 것은 다 참아도 아내를 두고 몇 개월씩 다른 여자와 놀아나는 남편과는 살 수가 없었다. 내가 힘들게 물질을 해서 돈을 모아놓으면 그걸 어떻게 찾아 가지고 종적을 감췄다가 흥청망청 다 쓰고는 집에 들어와 또 돈을 내놓으라고 소리를 질러대며 패악을 부렸다.

그뿐이 아니었다. 물질하랴 농사지으랴 입에 단내가 나도록 일해서 독에 쌀을 가득 채워놓으면 그걸 순식간에 팔아먹어 버렸다. 한번은 밥을 하려고 독을 열어보니 쌀 한톨이 없었다. 기가 막히고 속이 상해서 밥을 안 짓고 앉아 있었더니 밥을 빨리 안 준다며 솥을 엎어 버렸다.

이대로는 못 살겠다는 결론을 내렸다. 그래서 이혼을 결심하게 되었다. 결혼한 지 얼마 지나지 않았지만 어쩔 수 없었다. 더 늦기 전에 서로 헤어지는 것이 좋을 것 같았다.

그런데 이상하게 몸이 점점 무거워지고 자꾸 어지럽고, 헛구역질이 나기 시작했다. 급기야 신 맛이 당겼다. 시어머니는 반색을 하시며 내 손을 꼭 잡으셨다.

"고맙다. 아가, 네가 임신을 한 것이야."

나는 가슴이 덜컥 내려앉았다. 남편과는 평생 살 수 없다고 생각했는데 임신이라니 어떻게 해야 할지 눈앞이 깜깜했다. 내 뱃속에 새 생명이 자라고 있다는 것은 경이로운 일이며 하늘에 감사해야 하지만, 내 아이만은 좋은 환경에서 키우고 싶었다. 하는 수 없이 나는 시댁에서 살기로 했다. 그리고 뱃속의 아이를 생각해서라도 정신을 차리고 성실하게 살자고 남편에게 당부했다. 남편도 눈물을 흘리며 그러마고 했다.

배는 점점 불러오고 한동안은 평화롭게 살았다. 하지만 그 평화도 오래 가질 못했다. 한동안 술을 끊고 성실하게 사는 모습을 보이던 남편이 낮부터 고주망태가 되어 집으로 들어오더니 다짜고짜 발길질을 해대는 것이었다.

나는 그 길로 집을 나와 버렸다. 임신한 아내에게 술 먹고 주정한다는 것은 있을 수 없는 일이었다. 그런데 막상 집을 나오니 갈만한 곳이 없었다. 그렇다고 친정으로 갈 수도 없었다. 곰곰이 생각해 보니 조금 먼 곳에 고모가 살고 있었다. 나는 간단한 짐만을 들고 고모 집으로 갔다.

그렇게 며칠을 지나니 남편이 찾으러 왔다. 어떻게 알고 왔을까 신기했다. 나는 하는 수 없이 남편을 따라 시댁으로 다시 들어가게 되었다. 나중에 안 일이지만 남편이 근처에 사는 언니 집에 가서 "내 각시 내놔."라며 소리지르고 집어던지며 생난리를 쳤다는 것이다. 언니는 결국 남편의 행패를 못 견디고 내가 있는 곳을 알려준 것이었다.

나는 살면서 남편을 달래기도 하고, 싸우기도 하고 종종 극약처방으로 애기를 데리고 며칠 나와 있기도 하다가 또 남편을 달래고 어쩌고 어쩌고 하다가 둘째까지 낳게 되었다. 그래도 남편의 버릇은 고쳐지지 않고 오히려 더욱 심해졌다.

한 번은 시어머니가 심각한 표정으로 나를 부르셨다.

"아가. 네 남편이 이 애미를 믿고 더욱 더 그러는 것 같구나. 이번 참에 네가 이 집을 맡아보는 것이 어떻겠니?"

시어머니는 아들이 밖으로만 도는 것이 자기 때문이라고 생각하시는 것 같았다. 그래서 따로 떨어져 살면 정신을 좀 차리지 않을까 생각하신 것이다. 그러면 집안의 가장으로서 나름의 책임감은 생길 것 같았던 것이다.

시어머니께서는 나에게 집안의 모든 살림을 넘겨주시고 근처 다른 친척 집으로 가셨다. 나는 그날 이후 살림을 넘겨받았다. 어릴 때부터 집안 일을 해왔기 때문에 집안 살림이 겁나지는 않았다. 그 어느 때보다 살림을 잘 하기 위해 애를 썼다. 그리고 남편의 버릇이 고쳐지기를 간절히 바랐다.

제주도는 논 대신 밭이 있었다. 그러다보니 밭에서 재배하는 쌀이 있었다. 논에서 재배하는 쌀과는 비교도 할 수 없을 정도로 맛이 없었다. 맛이 없긴 했지만 쌀이 귀하던 시절이라 값을 비싸게 받을 수 있어서 쌀농사를 지었다.

나는 밭에서 재배하는 쌀을 많이 갈아서 기세빙(?)이 말하는 정미소에 가서 쌀을 만들었다. 그리고 쌀을 독 밑에 놓고 그 위에 무청과 시래기 등 못 먹는 걸 덮어 쌀을 숨겼다. 남편이 쌀을 퍼가지 못하게 하기 위해서다. 이전에도 남편은 쌀독에 있는 쌀을 싹싹 긁어다가 팔아먹은 적이 몇 번 있었다. 식구들이 먹을 양식을 한 톨도 안 남기고 떨어가서 한동안 먹을 양식이 없어 고생한 적도 있었다. 그래서 당장 못 먹는 것으로 쌀을 덮어두면 퍼가지 않을 것 같았다.

"아가, 농사 지은 것 어디 있냐?"

얼마 후 시어머니가 들르셨다. 간혹 새 며느리의 살림살이가 어떤지, 남편은 애를 태우지 않는지, 손자들은 잘 있는지 겸사겸사 들르시곤 했다.

"네, 어머니 뒷담 독에 쌀 갈아 넣었고요. 큰 옹기 독에 쌀 넣고 마루에 담아 잘 뒀어요."

시어머니는 마루에 들어가서서 옹기 독을 열었다.

그런데 시어머니가 "어머나! 이게 뭐야?" 하고 화들짝 놀라며 나오시는 것이었다.

"어머니, 뱀에 물리셨어요?"

시댁은 옛날 부자집이라서 뱀이 많았다. 장독대며 지붕이며 담벼락에도 뱀이 많았다.

그래서 나는 어머니가 혹시 뱀에 물렸을까 걱정이 되어 달려갔다. 그런데 시어머니는 뱀에 물린 것이 아니었다. 한참을 옹기 독 안을 쳐다보시기만 했다.

"에휴. 그 버릇 어디 가겠냐."

나는 무슨 영문인지 몰라 시어머니 얼굴만 쳐다보았다.

그러자 시어머니는 "네 남편이 쌀 다 퍼가지고 팔아먹었다." 하시는 것이었다.

"당장 못 먹는 것으로 다 덮어 두었기 때문에 가져갔을 리가 없을 텐데…"

옹기 독을 들여다보니 독은 깨끗이 비어 있었다. 어느새 숨겨둔 쌀까지 다 퍼내서 팔아버렸던 것이다. 일 년 내내 고생고생해서 농사지은 쌀을 순식간에 팔아버린 남편을 용서할 수 없었다. 더 큰 문제는 원래 팔아야 할 가격보다 싸게 팔아버렸기 때문에 다른 쌀을 제 값에

팔 수가 없다는 것이었다. 남편이 파는 가격과 부인이 파는 가격이
다른 쌀을 누가 믿고 살 수 있을까.

자식을 위해 해녀로 나서다

남편은 앞으로도 변하지 않을 것이고 한평생 같이 살면 서로 원수
가 될 게 뻔했다. 그리고 자식들이 불쌍했다. 무책임한 남편만 믿고
살다가 자식들 앞날은 어찌 될 것인가를 생각하니 도저히 살 수가 없
어 아이들을 데리고 나와 버렸다.

　물로 뱅뱅 돌아진 섬에
　한 푼 두 푼 모은 금전
　부랑자 만나면
　하루아침 해장거리도
　못하는 금전

제주도 민요 중 한 대목인데, 정말 나를 두고 부른 노래구나 싶었
다. 그때는 그렇게 큰돈도 없었지만 당장 끼니를 해결해야 할 쌀을
다 퍼가니 어떻게 살 도리가 없었다. 그래서 도저히 못 살겠다고 젖
먹이를 업고 집을 나온 게 몇 번이나 되었다.

제주도에서 태어난 해녀 아기는 7일 만에 밥을 먹인다는 말이 있다. 이유식이니 우유니 하는 것은 요즘 이야기이고 먹고살기 급급했던 시절에는 요즘처럼 성장 단계별 이유식을 하는 것이 아니고 젖을 뗄 정도면 밥을 먹였다. 태어난 지 7일밖에 안된 아기에게 밥을 먹인다는 것은 해녀인 어머니가 아기를 돌보며 젖을 먹일 수 없는 상황을 뜻한다. 젖을 먹는 아기를 놔두고 물질하러 갈 수밖에 없는 처지이며, 젖을 물릴 수 없으니까 밥이라도 먹인다는 말이다.

당장 끼니를 해결하려면 젖먹이를 떼어놓고 바다 속으로 들어가는 수밖에 없었다. 길쌈하는 할머니는 옷감이 다섯 필이고, 물질하는 할머니는 죽고 보니 단속곳도 없다는 말이 있다. 해녀들은 내일을 위해서, 자신을 위해서 특별히 준비하는 것이 없었다. 그날 벌어 그날 생활하는 것도 힘에 부쳤던 것이다.

제주에서 태어난 것이 죄라면 죄였다. 흙보다 바람과 자갈이 더 많던 땅에서 호의호식은 애초부터 힘든 일이었고, 그래도 살아가야 했던 생명줄을 잇기 위해서는 바다를 땅 삼아 모든 것을 걸어볼 도리밖에 없었다.

나는 집을 나와 본격적인 해녀의 길로 들어섰다. 물질엔 자신이 있어서였기도 했지만 배운 도둑질이 무섭다고 물질 외엔 할 줄 아는 일이 없었기 때문이다. 제주에서 바다를 끼고 태어난 여성들은, 과장을 조금 보태 걸음마를 뗄 때부터 바다를 배운다. 물질을 하다가도 어떨

때는 집에 떼놓고 온 아이들 생각이 났다. 그러면 환청처럼 아이들 우는 소리가 들려서 바다 속에서 울음을 삼켰다.

물질을 한다는 소식을 들은 시어머니께서 아이들을 맡아주겠다고 하셨다. 난 돈을 더 벌기 위해 출가잠녀가 되었다. 제주에서 출가물질로 간 해녀들을 출가잠녀라고 불렀다. 난 아이 둘을 시어머니께 맡기고 바다로 뛰어든 출가 잠녀였다. 배를 빌려 강원도며 경북으로 안 가본 데 없이 다녔다. 일본 치바현으로 바깥물질도 나갔다.

아이들을 떼놓고 차마 떨어지지 않는 발걸음으로 바다를 향해 걸으면 나도 모르게 입에서 출가해녀의 노래가 흘러나왔다.

이낭저낭 낭가리서
삼삼오오 짝을 지어
가네가네 육지가네
고향산천 뒤에 두고
정든사람 이별하고
부모형제 이별하여
버스타고 연락선타고
잠시나마 고향떠나
돈벌러 떠나가네
떠나가는 우리인들
오죽이나 속상하여

인간세상 슬픈일이

이별인줄 왜 모를까

··· 중략 ···

높고 푸른 청청하늘

무심히도 바라보니

우리고향 향하여서

외기러기 날아가네

날아가는 저기러기야

우리고향 가거들랑

우리부모 앞에가서

우리소식 전해다오

'개척'으로까지 비유되는 잠녀들의 바깥물질은 억척스러웠던 만큼 고단했다. 정든 고향과 부모 형제 옆을 떠나는 것이라면 결혼을 하는 것도 마찬가지였겠지만 바깥물질은 며칠씩 배에 의지해 바다를 건너고, 길게는 반년 가까이 외지 생활을 견뎌야하는 힘든 과정이었다.

잠녀들은 오가는 배 안에서 서로의 안부를 묻고 살아가는 이야기를 한다. 물질을 하며 여섯 남매를 키운 것도 모자라 20년 가까이 손자를 키운 사정이며, 그 손자가 내년 군에 입대하는 얘기는 함께 물질을 하는 잠녀라면 자신의 집안 일처럼 다 안다. 생계를 위해 추운 바다 속으로 뛰어들어야하는 해녀의 인생을 생각하면 서글펐다.

그녀들의 얘기를 들을 때마다 난 평생 바다에서 잠녀로 늙진 않으리라 속으로 다짐하고 또 다짐했다. 악착같이 돈을 모아 다른 일을 해 보리라 결심하며 바다에 뛰어들었다.

제2부

현해탄 너머 일본에서 이룬 꿈

1장
새로운 세상으로 떠나자

참기 힘든 것을 참는 것이 진정한 참음이요,
참을 만한 일을 참는 것은 보통의 참음이다.
자기보다 악한 이에게도 참고
스스로 부귀하고 강해도 언제나 겸손히 참아라.
참을 수 없는 것을 참는 것이 진정한 참음이니라.
다른 사람의 원망을 듣고도 화내지 않으면
그 마음 언제나 깨끗하리니

남들이 모두 악행한다고 해서 따라 하지 말라.
자기보다 강한 자 앞에서 참는 것은 두려워하기 때문이고
자기와 비슷한 사람에게 참는 것은 싸우기 싫어서이며
자기보다 못한 이에게 참는 것은 보다 뛰어난 참음이다.

– 잡보장경雜寶藏經

새로운 일을 찾아서

시어머니가 아이들을 맡아주어서 몇 년을 더 벌 수 있었다. 그러나 항상 아이들 생각이 간절했다. 그래도 시어머니가 돌보아주시니 얼마나 다행인지 몰랐다. 하지만 늘 아이들이 그립고 보고 싶었다. 밥은 잘 먹고 있는지, 학교는 잘 다니고 있는지, 엄마 보고 싶다고 울지는 않는지, 아이들에게 괴롭힘을 당하지는 않는지 물 속에 있을 때나 육지로 나와 있을 때나 한결같이 그립고 걱정이 되었다. 길가에 내 아들 딸만한 아이들이 지나가기만 해도 가슴이 벌렁거렸다. 얼른 돈을 벌어 아이들과 함께 살아야겠다는 생각에 물질도 힘든 줄 몰랐다.

내가 전국 각지로 해녀 일을 다니면서 배운 것이 있다면 제주도를 벗어난 세상은 분명히 변하고 있다는 것이었다. 여전히 가난한 나라,

전 세계에서 원조를 받지 않으면 곧 망할 나라라는 오명을 뒤집어쓰면서도 경제는 조금씩 발전하고 있었고 사람들은 어떻게든 잘 살아보겠다는 일념으로 고통을 참고 있었다.

해녀 일만 해서는 내가 원하는 삶을 살기에는 너무 많은 세월을 낭비해야 할지도 모른다는 생각이 들었다. 남들보다 조금만 더 열심히 살면 그에 대한 보상이 주어지는 그런 세상이 오고 있었던 것이다. 하나둘 해녀를 그만 두는 사람들이 생겨나기 시작했다. 해녀 일은 어렵고 힘든 것에 비해 그 대가가 그리 크지 않았다. 그래서 사람들은 좀 더 나은 환경과 대가를 받을 수 있는 곳으로 떠나갔다. 사실 해녀 일을 하는 마음이면 이 세상 어떤 일이라도 거뜬히 해낼 수 있었다. 그만큼 해녀 일은 힘들었기 때문이다.

전국으로 다니면서 한창 해녀 일에 열중하고 있을 때였다. 아이들은 시어머님이 돌봐주고 있었다. 당신 손자이니까 어련히 알아서 잘 돌봐주시겠지 하고 나름대로 안심을 하고 있었다. 만약 그런 생각이 없었다면 나는 제주도를 벗어나 해녀 일을 하러 다니지는 않았을 것이다. 하지만 늘 아이들이 안쓰럽고 걱정되었다.

그러던 어느 날 부산에 살고 있던 언니에게서 연락이 왔다. 마침 부산 인근에서 해녀 일을 하고 있을 때였다. 지금처럼 전화를 개인별로 다 가지고 다니는 시대가 아니었기 때문에 연락을 하기 위해서는 몇 번의 교환과 오랜 기다림을 견뎌야 겨우 목소리를 들으며 짧은 통화를 할 수 있었다. 나는 바쁜 시간에 짬을 내어 언니를 만났다.

언니는 요 근래에 아이들을 본 적이 있느냐고 진지하게 물어보았다. 그러고 보니 아이들을 못 본 지가 한참 되었다. 간혹 서신으로 소식을 전해들을 뿐 자세한 상황을 모르고 있었다. 가만히 생각하니 내가 참으로 무심한 엄마라는 생각이 들었다.

"왜? 혹시 들은 이야기라도 있는 거야?"

"들은 건 아니고……."

언니는 한참을 말없이 내 얼굴만 쳐다보았다.

"내가 얼마 전에 볼 일이 있어 고향에 다녀왔어. 그래서 겸사겸사 네 집에도 가 봤지. 조카들이 어떻게 지내고 있나 궁금해서 말야."

나는 언니의 말에 숨도 쉬지 않고 듣고 있었다. 서신으로 듣는 아이들의 이야기가 아닌 눈으로 직접 본 모습을 생생하게 듣게 되었기 때문이다.

"큰 애가 작년에 초등학교를 졸업했는데 중학교를 못 보냈데."

나는 그 자리에서 숨이 멎는 것 같았다. 우리 아들이 중학교에 못 가고 집에서 허송세월을 보낸다는 것은 충격이었다. 내가 이렇게 고생하는 이유는 다 자식들을 위해 고생하는 것인데 중학교도 못 가고 있다는 것은 삶의 의미가 없어지는 것과 같았다.

언니는 시어머니가 돈이 없어 보내지 못했다고 했다. 그동안 해녀일을 하면서 학비와 생활비를 섭섭지 않게 드렸다고 생각했는데 그돈으로는 턱없이 부족했던 것이다. 무슨 이유로 부족한지는 묻지 않아도 강 건너 불을 보듯 훤히 알 수 있는 일이었다.

언니와 나는 어떻게 하면 좋을지 한참을 궁리했다. 그러다 언니가 큰 결심을 한듯 심호흡을 한번 크게 내쉬고는 방법을 알려주었다.

"큰 애는 내가 데리고 있을까? 부산에 있으면 좋은 교육도 받고 잘 클 수 있을 것 같은데 어떻게 생각하니?"

언니는 내 마음을 헤아렸는지 먼저 아들을 보살펴 주겠노라고 했다. 나는 언니가 너무 고마웠다. 언니도 넉넉한 살림은 아니다. 육남매를 키우고 있어서 늘 생활이 쪼들렸다. 미안하고 염치없는 일이었지만 달리 방법이 없었다. 며칠 후에 아이들은 언니네 집으로 거처를 옮겼다.

그후 얼마 지나지 않아 언니에게서 연락이 왔다. 부산에 자갈치 시장을 새로 짓는다는 것이었다. 그러면 가게가 더 많이 늘어날 것이고 그곳에서 장사를 하면 많은 돈을 벌 수 있을 거라는 의미였다. 내가 전국으로 해녀 일을 하러 다니는 동안 언니는 온 가족이 부산으로 옮겨서 생활하고 있었고 가진 것이 없어 여전히 힘들지만 제주도에서의 삶보다는 훨씬 안정적이라는 의미였다.

나는 곰곰히 생각해보았다. 변화하는 세상에 발맞추어 나도 변해야 한다고 생각했다. 목숨을 담보로 하는 해녀 일에 아이들과 나의 미래를 맡길 수는 없었다. 나는 당장 언니에게 목 좋은 자리를 알아봐달라고 했다. 그리고 얼마 지나지 않아 나는 가진 돈을 다 털어 자갈치 시장에 좌판을 내고 장사를 하기 시작했다. 장사를 해서 성공할 자신이 있었다. 거센 파도에 휩쓸려가며 소라, 전복도 딴 내가 무슨 일이

든 못하랴 싶었다. 남들보다 열 배 백 배 더 노력하면 되지 싶었다.

무엇보다 이제 해녀 일에 정이 떨어졌다. 잠수복도 없이 물옷만 입고 찬 바다에 뛰어드는 일이 정말 지옥같이 느껴졌다. 그동안 어떻게 그 일을 했는지 지금 생각해도 온몸이 오싹했다. 가게를 계약하자 지옥에서 탈출한 기분이었다. 그때 내 나이 31살이었다.

나는 자갈치 시장에서 생선을 팔고, 건어물도 팔았다. 손님들과 흥정하고 이리저리 부딪히면서 새로운 세계를 만끽하고 있었다. 해산물은 해녀 일로 다져진 풍부한 경력으로 누구보다 싱싱하고 좋은 물건을 들여올 수 있었다. 몇 번의 어려움도 있었지만 그럭저럭 가게는 잘 유지되고 있었다.

자갈치 시장은 내가 경험해 보지 못한 또 다른 세상을 보여주었다. 수많은 사람들이 오가는 그곳은 보기와는 달리 또 하나의 전쟁터였다. 가족들의 보다 나은 미래를 위해 한 몸 희생하며 모든 고통을 참아내는 자갈치 시장의 모습은 세상과 한 판 전쟁을 벌이는 사람들의 모습 그 자체였다. 그 모습은 미래에 대한 희망으로 가득했기에 나는 자갈치 시장에서 또 다른 세상으로의 도약을 꿈꾸게 되었다. 자갈치 시장보다 더 큰 세상이 나를 부르는 것 같았다. 다만 안타깝게도 그 세상이 어디인지 알 수가 없었다.

얼마 후 시장 상인들 사이에 퍼지는 이야기가 있었다. 외지에서 온지 얼마 되지 않은 사람들에게는 잘 들리지 않는 이야기였다. 유독 처음 장사할 때부터 가깝게 지내던 옆 가게 언니가 슬쩍 귓뜸을 해주었다.

그 당시는 일본으로 돈 벌러 가는 일이 유행이었다. 당시 일본은 패망 이후 한국전쟁을 발판 삼아 경제가 급성장하고 있었고 일손이 많이 필요한 시기였다. 물론 돈도 많이 벌 수 있었다. 그래서 일본으로 가기 위해 뒷거래를 하는 사람이 생길 정도였다. 몇 년 갔다 오면 몇 배 많은 돈을 벌 수 있기 때문에 뒷거래가 암암리에 행해지고 있었다.

한국도 경제가 점차 살아나고 있었지만 일본에 비하면 그야말로 빙산의 일각에 불과했다. 나는 그때 좀 더 큰 세상이 일본이라는 것을 느꼈다. 왠지 일본에 가면 더 많은 기회가 있을 것 같았다. 하지만 문제는 일본으로 가기 위한 절차가 무척 까다롭다는 것이었다. 그렇다고 뒷거래를 할 정도의 돈은 없었다. 그리고 무엇보다 아이들이 눈에 밟혔다.

미래를 위해 더 큰 바다로 가자

그 즈음 나는 일본에 가면 돈을 많이 벌 수 있다는 말을 심심찮게 든곤 했다. 정말 일본에 가면 지금보다 큰 돈을 벌 수 있을 것 같았다. 몇 날 며칠을 밤잠을 설쳐가며 고민을 했다. 일본에 간다면 왜 가야하는지 그 목적이 무엇인지 생각해보았다. 물론 돈을 벌기 위해서였다. 그럼 돈을 벌어서 무엇에 쓸 것인지도 생각해보았다. 답은 한 가지였다. 좀 더 나은 미래를 위해서였다. 가난하게 산 지난날을 영원히 기억에서 지워버리고 싶었다. 그리고 불행한 운명의 고리도 끊고 싶었다. 그러기 위해서는 돈을 많이 벌어야 한다고 믿고 있었다.

매일 매일 바다로 뛰어들던 그때를 떠올려 보았다. 생과 사가 공존하던 그 바다는 그 당시 삶 그 자체였다. 그리고 현재 자갈치 시장에서 장사하는 것 또한 매일 매일 바다에 뛰어드는 심정이었다. 다른 것이 있다면 현재의 바다는 살기 위한 욕망으로 가득한 바다이자 죽음을 눈앞에서 마주하는 물질할 때의 바다가 아닌 생존의 몸부림 자체가 존재하는 바다였던 것이다.

앞으로의 생은 죽을 때까지 삶의 몸부림을 쳐야만 살아갈 수 있을 것이다. 그리고 그 몸부림을 칠 때마다 미래의 모습이 보일지도 모른다. 나는 좀 더 큰 바다로 가야 한다는 결론을 내렸다. 또 다른 삶의 바다로 뛰어들기로 마음을 먹었다. 마음을 먹고 나니 일이 일사천리로 진행되는 것 같았다. 밀항선도 쉽게 섭외가 되고 돈도 그리 많이 들지 않았다. 그런데 일본행을 결정하고 나자, 몇 해 전에 사촌언니가 먼저 일본으로 건너가 지금은 정착해서 살고 있다는 사실을 알게 되었다. 다행히 일본에 정착하는 데에는 다른 사람에 비해 조금 수월해 질 것 같았다. 먼저 사촌언니에게 연락을 했다. 다행스럽게도 사촌언니는 있을 곳을 마련해주겠다고 했다.

그런데 자갈치 시장에 있던 가게가 문제였다. 언니에게 맡기고 싶었지만 장사 경험이 없고 또 집안 형편상 장사에 매달릴 수가 없었다. 하는 수 없이 이전 주인에게 임대해주기로 했다. 임대 수익금과 일본에서 번 돈을 조금 보태면 얼마 동안은 아들의 생활비와 학비는 충분히 될 것 같았다.

나는 일본으로 가는 배에 몸을 실었다. 칠흑 같이 어두운 배 밑바닥에 웅크리고 앉아 이를 악물었다. 말도 통하지 않고 살아가는 모습도 다르고 무엇보다 일제강점기의 감정이 남아 있는 일본인들과 어떻게 지내야 할지 무척 염려스러웠다. 일본인들의 차별이 있을 것은 뻔한 이치였기 때문에 얼마나 잘 참고 쓰러지지 않고 오뚝이처럼 일어서느냐가 문제였다.

일본에 도착하기 전까지 매일 그동안 힘들고 어려웠던 일들을 떠올렸다. 죽음 직전까지 숨을 참으면서 해삼, 소라, 전복을 따던 일, 할아버지와 아버지가 돌아가신 일, 결혼해서 힘들었던 일들을 떠올렸다. 그리고 앞으로 일본에서의 생활이 이보다 더한 어려움은 없을 것이라고 마음에 주문을 외웠다. 어떤 일이든 참고 견뎌낼 수 있다고 주문을 걸었다.

가슴에서 뜨거운 용기가 샘솟는 것 같았다. 파도가 거센 바다도 막상 뛰어들어 보면 평온하게 느껴질 때가 있다. 불안했던 마음이 조금씩 가라앉으면서 평온을 되찾기 시작했다.

일본까지는 일주일이 걸렸던 것 같다. 어두컴컴한 배 밑에 있으니 날짜 가는 줄 몰랐다. 저마다의 사정으로 일본으로 가는 사람이 한둘이 아니었다. 모두들 만감이 교차하는 얼굴을 하고 있었다. 미지의 세계에 대한 두려움과 새로운 세계에 대한 희망이 막연한 기대와 작은 후회와 남겨두고 온 것에 대한 미련들로 뒤엉켜 착잡한 심정들로 되살아나는 모습들이었다.

야심한 시간에 동경 인근의 작은 항구에 도착한 우리들은 누가 먼저랄 것도 없이 눈빛만 교환한 체 각자의 갈 길로 재빠르게 흩어졌다. 아무도 아무런 말을 하지 않고 아무 일 없었다는 듯이 어둠 속으로 사라졌다. 나도 지체하지 않고 그곳을 벗어났다. 그리고 날이 밝기를 기다려 사촌언니가 기다리는 장소로 약도 한 장만을 들고 찾아갔다.

2장
타국에서 새로운 삶을 시작하다

어느 날 혜능이 광주 법성사에 갔는데,
그 절의 승려 둘이서 깃발이 바람에 펄럭이는 모습을 보고는
말다툼을 하고 있었다.
한 승려가 주장했다.
"깃발이 움직인다."
그러자 다른 승려가 지지 않고 말했다.
"무슨 소리? 바람이 움직인 것이다."
승려들이 계속 소란을 피우자 사람들이 몰려들었지만
아무도 그 말다툼을 말릴 수가 없었다.
이에 혜능이 한마디 했다.
"바람이 분 것도 아니고 깃발이 움직인 것도 아니다.
바로 너희의 마음이 움직인 것이다."
마음이 움직이지 않으면 바람이 분 것을 어찌 알 것이고,
깃발이 움직인 것을 또 어찌 알 것인가?

마찬가지로 마음이 움직이지 않으면
양기가 정신을 혼미하게 하는 것을 어찌 알겠는가?
마음이란 이렇게 온갖 대상을 따라 나타났다 사라지는 것이다.
결국 맑은 정신을 갖기 위해서는 마음의 이러한 움직임,
끊임없이 생겨나는 마음을 잘 제어하지 않으면 안 되는 것이다.
모든 것은 마음먹기 나름이라는 말이 있다.
흔히 들어온 이 간단한 진리가 혜능이 한 말과 무엇이 다르단 말인가.
문제는 이렇게 간단한 진리를 앞에 두고도 실천하지 못한다는 데 있다.

재일 한국인의 일본생활

그 당시 일본에는 많은 재일교포가 살고 있었다. 이들의 대부분은 해방 이후 귀국하지 못한 사람들이다. 한국에서는 이들을 보는 시선이 곱지 못했다. 굳이 왜 일본에 남아서 일본 국민도 아니고 그렇다고 한국 국민도 아닌 삶을 살아가는지 이해하기 어렵다는 반응들이었다. 그러나 그들이라고 어찌 고국에 돌아오고 싶지 않았겠는가. 그러나 돌아가고 싶어도 그럴 수 없는 나름의 사정이 있었다.

1945년 일본이 패망하고 강제징용 등 여러 가지 이유로 일본에서 생활하던 수많은 한국인들이 귀국선에 몸을 싣고 고향으로 돌아왔다. 그런데 귀국선에 오르지 못하고 남게 된 사람들도 상당수가 된다. 그 당시 일본 정부는 귀국하는 한국인들이 가져갈 수 있는 재산을 1천엔과 양손의 보따리 정도로 한정했다. 결국 맨손으로 돌아가라는 것이었다. 온갖 고초를 겪으면서도 일본에서 생활한 사람들의 대부분은 일제강점기 당시 징용으로 끌려갔거나 먹고살 방편이 없어 일본으로 건너간 경우가 대부분이었다. 그렇게 일본으로 건너와 간신히 호구책을 마련했는데 이제 빈손으로 한국에 돌아가면 맨손으로 다시 시작해야 했다. 어찌보면 그들에게 있어서 이것은 또하나의 가혹한 형벌과도 같은 것이었다. 그리고 자식들의 앞날도 생각해야 했다. 징용으로 끌려와 가진 것 없이 해방을 맞은 사람들도 마찬가지였다. 먹고살기 어려운 것은 일본에 있으나 한국에 있으나 마찬가지여서 그곳에서 좀 더 돈을 벌어 귀국하고자 생각했다. 시간이 지나면 왕래가 지금보다 자유로워 질 것이고, 그때 떳떳한 모습으로 고향으로 돌아가자고 눈물을 흘리며 다시 눌러 앉게 된 것이다.

한일합방 이전의 재일 한국인의 대부분은 일본 유학생이었다. 그런데 한일합방 이후 일자리를 위해 대거 일본으로 건너가면서 그 수가 급증했다. 재일 한국인의 대부분은 하급 노동자였다. 기록에 의하면 합방 이전인 1909년에는 790명에 지나지 않았던 재일 한국인이 1945년 5월에는 210만 명에 이르렀다. 이들은 강제 노역과 징용 같은 강제 이주가 대부분이었다. 게다가 밀항자들까지 속속 들어오기 시작하니 재일 한국인들의 수는 헤아릴 수 없을 만큼 엄청난 규모였다.

일제강점기에 한반도의 우리 민족은 거의 초근목피로 연명을 하고 있던 시기였다. 일제는 수확량의 대부분을 일본제국주의의 본토에 있는 자국민을 먹여 살리고 전쟁 경비를 충당하기 위해 수탈해갔다. 그래서 굶주림을 피해 일본군과 노역에 지원하거나 밀항을 통해 일본으로 이주한 사람이 상당수였다.

재일 한국인의 대부분은 1945년 일본의 패망으로 귀국선을 타고 조국으로 돌아오게 되었다. 그런데 극적으로 찾아온 자유는 재일 한국인 모두에게 돌아가지 않았다. 이들에게 또 한 번의 버림과 고난이 찾아왔다. 귀국선에 타지 못하고 일본에 정착한 사람들과 1960년대에서 1970년대에 일본으로 이주한 사람들이 그들이었다.

이들은 시간이 지나면서 한국과 일본에서 모두 인정을 못 받게 된 것이다. 게다가 고국은 남과 북으로 갈라져 일본에서도 북쪽을 지지하는 그룹건과 남쪽을 지지하는 기류민단으로 나뉘게 되었다. 그들은 재일교포들을 자신들의 단체에 가입시키고자 수단과 방법을 가리지 않았다. 서로를 비난하고 비방하여 이국 타향에서의 삶을 더욱 힘들게 했다.

일본에 가서 처음에는 여러 가지 일을 했다. 여기저기 다니며 허드렛일도 했다. 거리에서 흔히 볼 수 있는 불고기집은 대부분 재일 한국인이 경영하는 곳이었고, 슬롯머신 오락실을 경영하는 사람도 있었다. 아주 드물기는 하지만 의사와 교수도 있었다. 하지만 대부분의 한국인들은 노동자의 삶을 살고 있었다. 페인트공이나 건설 노동자, 그리고 탄광 노동자가 대부분을 차지하고 있었다. 특히 탄광 노동자들은 일제강점기에 끌려와 돌아가지 못하고 사는 사람들이 대부분이었다. 이들 중 상당 수는 귀국선이 있는지조차 모른 채 지하 깊숙한 곳에서 탄을 캐고 날라야 했다.

재일 한국인들은 도시의 외곽에서 판잣집을 짓고 한데 모여 살았다. 말이 판잣집이지 두꺼운 종이로 벽과 천장을 만든 일본식 연립주택인 '나가야'라는 일본 최하층민이 사는 허름하기 짝이 없는 초라한 집에 살았다. 공동주택과 같아서 화장실과 세면실은 공동으로 사용했으며 하수도 시설이 잘 갖춰져 있지 않아 길은 늘 질척했다.

처음 일본에 도착했을 때 나도 얼마 동안은 이러한 곳에서 살았다. 벽이 얇아 옆방에서 무슨 일이 벌어지고 있는지, 무슨 말을 하는지, 심지어 숨소리도 들릴 정도였다. 이러한 한국인 '나가야' 지역은 일본인들이 꺼리는 곳이었다. 흑인 할렘가와 마찬가지로 치안이 위태롭고 범죄가 늘 발생하는 우범지역으로 미개한 조선인 혹은 조센징들이 사는 곳이라는 인식이 강했다.

이곳은 여름에는 바람이 들어오지 않아 덥고, 겨울엔 벽과 천장이 얇아 추운 곳이다. 그리고 어느 한 집에서 불이 나면 공동주택 전체가 삽시간에 흔적도 없이 사라져버린다. 그런데 신기한 것은 며칠 지나지 않으면 비슷한 주택이 다시 만들어진다는 것이다. 집이라기보다는 겨우 바람만 막아주는 움막 같은 곳이다.

일본에서의 한국인들의 삶은 무시와 차별로 인간다운 삶을 누리기가 어려웠다. 일본의 고속성장으로 일자리는 많아졌지만 그마저도 한국인들과 타민족들의 수가 급속히 늘어나 경쟁이 치열해졌다.

특히 귀화하지 않았거나, 일본어에 서툴거나, 외국인 등록증이 없는 한국인들은 임금을 제대로 받지 못할 뿐 아니라 부당한 대우를 받아도 하소연할 때가 없었다. 자칫 일본 경찰에 발각되는 날에는 강제 소환을 당하게 되기 때문이다.

나도 처음에는 먹고살기 위해 손에 잡히는 대로 이일 저일 닥치는 대로 매달리고 부딪혔다. 사촌언니가 일본에 살고 있어 도움을 청할 수도 있었다. 처음에는 혼자서 버틸 생각이었다. 제주 해녀의 정신이면 무슨 일이든 어디서든 살아남지 않을까 하는 생각이었다. 하지만 일본은 우리나라의 어느 지역이 아니었다. 말과 생각이 다른 그곳에서 여자 혼자의 몸으로 버티기가 쉬운 것이 아니었다.

얼마 시나 나는 사촌언니의 도움을 빌었다. 그 당시 사촌언니는 조그만 가게를 하고 있었다. 서민들이 가볍게 먹을 수 있는 우리식으로 말하면 분식집 같은 곳이었다. 나는 그곳에서 오코노미야키 같은 것을 만드는 일을 했다.

오코노미야키는 요즘 한국에서도 젊은 사람들이 자주 먹는데, 밀가루를 가쓰오부시 우린 물에 개어 고기·야채 등을 넣고 지진 일본 요리이다. 한국의 전과 비슷한데, 일본의 대중음식이다. 오코노미야키는 오사카식과 히로시마식이 있다. 오사카식은 재료를 한꺼번에 섞어서 지지고, 히로시마식은 재료를 한 가지씩 차례대로 올린다. 재료에서도 히로시마식은 야키소바(볶은 국수)를 사용한다. 일은 고됐지만 물질하는 것에는 비할 바가 아니었다. 처음 일본에 와서 부딪힐

때에 비하면 천국과도 같았다.

처음 오코노미야키를 만들 때는 한국의 빈대떡 같은 것이라는 생각이 들어 금방 손에 익을 줄 알았다. 그런데 생각보다 쉽지 않았다. 음식이야 자꾸 만들다보면 자연히 늘게 되어 있었지만 문제는 말이었다. 초등학교 4학년 배움이 전부인 내게 일본 말은 무척 어려운 것이었다. 아무리 노력해도 잘 늘지 않았다. 손님이 무어라 말하는 것을 알아들을 수가 없어 실수를 한 적이 한두 번이 아니었다. 일본에서 버티고 돈을 벌기 위해서는 무엇보다 말을 익혀야 했다. 고단한 일이 끝나도 일본말을 배우기 위해 쉽게 잠자리에 들지 못했다. 하지만 시간이 지나면서 절실하게 갈구하다 보니 어느 순간 귀가 트이고 말문이 열리기 시작했다. 처음으로 손님의 주문을 완전히 알아들을 수 있게 되었을 때는 정말이지 세상을 다 가진 것처럼 내 자신이 그렇게 자랑스러울 수가 없었다. 해냈다는 성취감에 나도 모르게 주루룩 눈물이 흘렀다.

사촌언니와 함께 생활을 하니 고국에 대한 향수도 덜하고 안정감이 들었다. 사촌언니는 일본말을 잘 못하는 나를 위해 종이에 한글로 당장 필요한 일본말을 써주기도 했다. 혼자 살 때보다 훨씬 덜 외롭고 안정되었다. 게다가 꼬박꼬박 저금한 돈이 늘어가는 것을 보면서 힘들다는 생각은 전혀 들지 않았다.

그렇게 얼마간을 모으니 그럭저럭 고향으로 보낼 정도가 되었다. 큰돈은 아니었지만 아들을 중학교에 보낼 수는 있었다. 언니에게 편지를 쓰고 돈을 부쳤다. 아들과는 줄곧 서신을 주고받았는데 대견하게도 힘든 내색을 하지 않았다. 어린 나이에 어미와 떨어져 학교도 가지 못하고 남의 집 생활을 한다는 게 여간 고생스런 일이 아니란 것을 아는데도 편지에는 전혀 그런 말을 하지 않았다. 하긴 그것을 말로 해야 알고 안 한다고 모를 일은 아니었다. 할머니댁에서 이모네로 전전하는 생활을 하는 아들에게 미안한 마음과 고마운 마음이 절로 들었다. 하루빨리 아들과 함께 살고 또 좋은 교육을 시키고 싶다는 생각에 더욱 열심히 일했다.

이국에서 비밀 같은 만나

김형균 씨를 알게 된 것은 언니네 가게에서 오코노미야키를 팔 때였다. 그는 형수와 함께 내가 일하고 있는 가게에 자주 오는 손님이었다. 그는 내가 잘 만들지 못하고 실패한 음식조차 맛있다며 연신 너스레를 떨었다. 처음엔 이상한 남자라고 생각했다. 여자에게 괜히 관심을 끌려는 못난 남자들 중 한 사람이라고 확신했다. 그는 유별나게 가게에 자주 왔다. 그는 매우 활기 넘치는 사람이었지만 그리 호감이 가는 타입은 아니었다. 그는 키도 크고 체격도 좋은데다가 약간 건들건들하는 데가 있어 웬 건달인가 싶었다. 일본 땅에서 한국 사람을 만나 반갑기도 했지만 한편으로는 낯설기도 하고 무섭기도 해서

피했다.

　더구나 나는 아들과 딸이 있는 처지였다. 그리고 돈을 벌어야 했다. 언감생심 딴 맘을 먹을 처지가 아니었다. 그런데 차츰 알고 보니 그는 일본에서 중·고등학교도 나온 양반이었다. 일본말도 썩 잘했다. 나는 아직 일본말에 능숙치 못했기 때문에 부럽기도 하고 차츰 친근감이 가기도 하였다.

　그에게 더욱 친근감을 느끼게 된 것은 그도 본래는 제주 사람이었다는 것이다. 삼촌들이 오사카에 있어 그도 일찌감치 오사카에 건너오게 되었다. 그곳에서 중·고등학교를 마쳤기 때문에 일본말에도 능숙했다. 읽고 쓰는 것도 다 잘해서 오히려 일본 사람들보다 나을 정도였다. 학교를 졸업하고 사회에 나가 어느 정도 기반을 닦으니 고국에 돌아가 살고 싶어졌다. 그래서 31살에 한국에 와 살려 귀국했다고 한다. 그러나 그 당시 한국은 여전히 피폐했고 살아보니 일본에 있을 때와는 생활도 많이 다르고 여러 가지로 형편이 좋지 않아 정착하기가 힘들어서 그렇게 십여 년 한국에서 살다가 결국 뜻을 이루지 못하고 이내 일본으로 다시 들어왔다는 것이다.

　사촌언니네 가게에 자주 놀러와 말도 걸고 정답게 대해주니 나도 마음이 끌렸다. 그래서 가끔 시내에서 만나 데이트 비슷한 것도 했다. 주로 공원이나 길을 걷는 정도였다. 조금씩 가까워지다 보니 성품이 좋고 괜찮은 사람 같았다. 차츰 정도 들고 의지가 되었다. 그렇게 한동안 만나다가 결혼을 생각하게 되었다. 사촌언니가 곁에 있기는 해도 많이 외로웠고, 언제까지 사촌언니에게 신세를 지면서 살 수는 없었다. 게다가 일본말도 모르니 이것저것 힘든 게 한두 가지가 아니었다. 마침 그가 일본말도 잘 하고 성품도 괜찮으니 의지하고 싶은 마음이 들었던 모양이다.

그러나 친정 식구들은 모두 반대했다. 내가 그와 결혼하겠다고 말씀드리자 모두들 펄쩍 뛰었다. 남편 될 사람이 체격도 건장한데다가 약간 건들건들해서 건달 같아 마음이 놓이지 않는다는 것이었다. 나는 겉모습이 그래도 공부니 뭐니 여러모로 나보다 나은 사람이라고 설득했다. 나 역시 내세울 것 없는 처지였기 때문이다.

26살에 이혼을 하고 어렵게 살다보니 누군가 따뜻하고 가족처럼 살갑게 대해주는 것이 얼마나 고마웠는지, 더구나 말도 통하지 않는 객지에서 누군가 나를 위해 헌신해주고 애써준다는 것은 축복과도 같았다. 식구들은 끝까지 굽히지 않고 그를 반대했다. 그래도 내가 마음이 있으니 어쩔 수 없어 반대를 무릅쓰고 결혼을 했다. 그때가 34살 무렵이었다.

어렵지만 행복했던 신혼생활

신혼생활을 시작하고 처음에는 힘든 일이 한두 가지가 아니었다. 그래도 악착같이 살았다.

남편은 양복점 보조로 들어갔는데, 그곳에서 조그만 방 하나를 내 줘서 간신히 살았다. 손바닥만한 방이었지만 둘이 함께 있으니 용기 가 생기고 힘도 났다. 방 바로 옆에 세치코라는 기계가 있어 남편이 거기에서 일하면 나는 다리미도 갖다주고 본을 만들어주기도 하며 남편을 도왔다. 그런 중에 아들이 태어났다.

아이가 태어나자 일을 하기가 번거롭게 되었다. 아이를 곁에 두고 일하다가 아이가 울면 젖병을 물려주고 다시 일하다가 또 울면 또 가 서 물려주고 하는 일을 반복했다.

그런데 애기가 기게 되니까 더 이상 그곳에서 아이를 키우면서 일 을 할 수가 없게 되었다. 그래서 우리는 그동안 모은 돈으로 조그만 방을 하나 얻어 나오게 되었다. 당장 남편이 일이 없자 나라도 나서 야겠다고 결심하고 가발공장 보조로 들어가 일을 시작하게 되었다. 그리고 좀 있다 남편은 마을 사람이 하는 불고기집 주방에 들어가 허 드렛일을 하게 되었다.

나는 아기를 업고 공장에 나가 가발을 만들었다. 그때 남편의 월급 은 7만 엔 가량 되었고 나는 6만 엔 정도를 탔다. 그러면 10만엔은 무 조건 적금에 넣고 나머지로 생활했다. 거기서 다시 애기 우유를 사고 나머지로 생활을 하다보면 종종 모자랄 때가 있었다. 그러면 사촌언 니에게 빌려서 다음 월급날 갚고는 했다. 월급 타면 빌린 돈부터 먼 저 갚아야 마음이 편했다. 그렇게 꼬박 삼년을 모으니 500만 엔이 되 었다. 그 당시에는 월급이 적어도 쓰는 것을 아꼈다. 아기에게 여름에 수박이라도 사다주려면 몇 날 며칠을 절약하고 아껴야만 할 정도로 살았다. 다행히 남편도 돈을 잘 안 쓰고 나는 필요한 살림이 아니면 거의 쓰지 않고 살았다. 그렇게 3년을 모았다.

한 번은 퇴근 길에 남편을 기다려 함께 들어올 때였다.

"여보. 우리도 저런 집 하나 있었으면 남의 일을 해도 행복하고 편안할 것 같지 않소?"

남편은 어느 집을 가리키며 말했다.

"정말로 그렇겠죠? 우리 열심히 모아서 저런 집에서 살아요."

그 당시 우리는 집도 없이 셋방에 살고 있을 때였다.

남편이 가리킨 집은 그리 큰 집이 아니었다. 이층짜리 조그만 집이 있다. 남편과 나는 그런 소박한 바 을 이야기하면서 집으로 돌아와 한 했다. 꿈이 반드시 웅장하고 클 필요는 없다. 현재의 삶에서 실현 가능한 것이 꿈이고 희망인 것이다. 만약 우리가 으리으리한 집을 보고 나중에 저런 집에서 살자고 했으면 지금도 허덕이고 살고 있을지 모른다. 큰 꿈을 충족시키기 위해 차츰차츰 단계를 밟아야 하는 데 한꺼번에 그 꿈을 이루려고 하면 공든 탑이 무너지고 사상누각이 될 수도 있다. 그래서 꿈은 소박하게 이루어가야 한다. 그때의 남편과 나는 그 작고 소박한 꿈을 통해 더 큰 미래를 설계할 수 있었다.

3장
고단하지만 행복했던 타국살이

열심히 수행에 힘쓴 나머지 눈이 먼 아나율 존자는 어느날
자신의 누더기를 깁고자 바늘귀에 실을 꿰려다 거듭 실패하고는 이렇게 중얼거렸다.
"이 세상에서 복을 구하는 이가 있거든 나의 바늘에 실을 꿰어 주면 좋겠다."
그때 부처님이 다가와 이렇게 말씀하셨다.
"바늘과 실을 이리 주거라. 내가 꿰어 주리라."
이에 아나율은 황송해하면서 말씀드렸다.
"부처님께서는 모든 복덕을 완전히 갖추셨는데,
다시 또 복덕을 지을 일이 있습니까?"
부처님이 말씀하셨다.
"이 세상에 복을 구하는 사람 가운데 지혜를 구하는 사람 가운데,
나보다 부지런한 이는 또 없느니라."
이렇게 부처님은 정각(正覺)을 이룬 뒤에도 한도 끝도 없이 복덕을 쌓고
정진을 하신 분이므로 그 즐거움이 다하는 적이 결코 없었을 것이다.
그런 부처님은 우리에게 이렇게 말씀하신다.

"아름다운 결과가 나에게 주어졌을 때 그것은 오랜 고행과 수행 끝에 온 것이므로
또 다른 결실을 맺기 위해서는 거기에서부터 다시 나아가야 한다."
그대가 만족을 누리는 순간, 즉 더는 나아가려고 하지 않은 순간,
인생은 다시 내리막으로 변하게 된다.
그러므로 결코 멈출 생각을 하지 말아야 한다.
즐기고 누릴 생각은 접어 두고 쉼 없이 끊임없이 정진해야만
결코 무너지지 않는 법이다.
우리는 그렇게 계속해서 힘차게 나아가야 한다.
부처님은 〈지장경〉에서 이렇게 말씀하셨다.
"인간은 흡사 등짐을 지고 수레에 짐을 가득 실은 채 언덕을 올라가는 이와도 같다."

일본에서 처음 장사를 하다

　요코하마에 아는 분이 있어 동경에서 그곳으로 가 장사를 시작했다. 그분도 제주 사람이었는데 요코하마로 와서 스나끄(Snack)를 하면 어떻겠느냐고 제안을 했기 때문이었다. 스나끄는 이자카야보다 조금 상급의 술집으로 이자카야가 서민들이 가는 곳이라면 스나끄는 고급 술집이었다. 여성이 카운터에서 술을 접대하는 술집으로 한 술집 안에 몇 개의 스나끄가 같이 있었다. 주인이 그중 몇 개를 직접 운영하다 사정이 생겨 우리에게 임대를 한 것이었다. 그 당시 우리가 모은 500만 엔으로 무엇을 할까 고민을 하던 중에 좋은 기회가 왔던 것이다.

　낮에는 손님이 많지 않았기 때문에 내가 애를 업고 나가서 청소를 했고 밤이 되면 남편이 나와 일했다. 낮에 오는 손님이래야 한두 사람이 고작이었는데도 영 어려웠다. 농사나 짓고 물질이나 해봤지 장사란 것을 전혀 해본 적이 없었기 때문에 손님들을 맞는 것이 서툴고 무서웠다. 더구나 술집이란 곳은 태어나서 처음 접해보는 곳이었다. 그래서 손님이 오면 종종 도망을 치고는 했다.

몇 번 남편에게 싫은 소리를 들었다. 그렇게 도망다니고 어려울 것 같으면 당장 때려치우고 다시 시다바리(보조) 일이나 하자는 것이었다. 어차피 이런 장사를 하려면 어느 정도 자존심과 억울함은 참을 줄 알아야 한다는 것이었다. 남편 말이 백번 옳았다. 그때부터 장사하기 전에 손님을 맞는 법을 몇 번이나 연습했다. 40년 가까이를 바다와 더불어 살았으니 도시의 이런 문화를 접할 기회가 없었다. 한국에서도 유흥문화가 없는 것은 아니고 전혀 모르는 것은 아니지만, 이곳은 일본이다. 그리고 내가 업주가 되어 유흥문화를 접하는 것은 상상도 못했던 일이었다.

그러나 한 사람의 삶을 바꿀 수 있는 것은 절실함이다. 그 당시 일본에 있던 나는 절실함이 뼈에 사무쳐 있었다. 시간이 좀 지나자 가게에 오는 사람도 익숙해지고 장사도 몸에 익었다. 처음처럼 도망치는 일은 없어졌고 장사도 날로 번창했다. 그 무렵에는 애가 이미 둘이었다.

그때까지 남편과 나는 아직 등록증이 없었다. 밀항자들이라고는 해도 남편이 일본말을 잘 해서 의심하는 사람이 없었다. 사는데 불편

함을 느끼지는 않았다.

　게다가 등록증을 만드는 데에 돈이 여간 많이 드는 게 아니었다. 나뿐만 아니라 많은 한국인들이 금전적인 이유 때문에 엄두도 내지 못하고 어두운 곳에 숨어다녔고 사람들 눈에 띠지 않기 위해 스스로를 숨기고 살았다.

　"여기 사장이 누구십니까?"

　어느 날 일본 경찰이 가게에 들이닥쳤다. 나는 갑자기 온몸이 얼어버려 꼼짝을 할 수가 없었다.

　"여기 등록증이 없는 불법 외국인이 장사를 한다는 투서가 접수되었습니다."

경찰은 투서를 흔들어보이며 말했다.

그 무렵에는 술집들이 꽤 호황을 누리고 있었다. 그만큼 술집들끼리 경쟁도 심했다. 그런데 우리가 운영하는 가게도 그 중에서 제법 잘 되는 편이었다. 자연히 시샘하는 이들이 많아졌다. 이래저래 꼬투리를 잡으려 혈안들이 되어 있었다. 그런데 마침 누군가 우리에게 등록증이 없다는 사실을 안 모양이었다. 주변의 경쟁 술집에서 경찰서에 투서를 넣은 것이다.

투서에는 투서를 낸 사람의 이름은 적혀 있지 않았다. 그때는 낮이어서 밤에 가게를 돌본 남편은 집에 들어가 잠을 자고 있었다. 당황한 내가 어찌할 바를 모르고 있을 때 마침 가게 안에 마련된 숙소에 있던 주인이 나왔다. 우리에게 임대를 준 주인은 금방 경찰이 온 사정을 눈치챘다. 이런 일을 한두 번 겪는 것이 아니라는 듯 그는 능숙하게 경찰들을 대했다.

"내가 주인인데 무슨 일이오?"

그가 말하자 경찰이 갑자기 난감해 했다. 그때 가게 쪽방에는 주방일이며 잔일들을 보던 여자가 살고 있었다. 동경에서 알게 된 여자였는데 요코하마에서 스나끄를 한다니까 따라와 우리를 돕고 있었다. 그녀는 육지 사람으로 등록증을 가지고 있었다. 주인은 그녀가 이곳 여주인이라고 말했다. 주인도 등록증이 있고 여자도 등록증이 있으니 경찰은 아무 말도 못하고 돌아갔다.

천우신조로 경찰에게 걸리지는 않았지만, 만일 들통이 났다면 바로 한국으로 돌아가야 할 처지였다. 한 번 그런 일을 겪고 나자 마음이 불안해졌다.

"여보. 돈도 좋지만 이렇게 불안하게 사는 것은 좋은 일이 아닌 것 같아요."

며칠 뒤 나는 남편에게 조심스럽게 그날의 일을 떠올리며 얘기했다. 남편의 생각이 어떨지 몰라 내심 불안했다.

"그래요. 마음 졸이면서 몇 년을 살 수가 있겠소?"

그런데 의외로 남편도 내 마음을 이해하고 있는 것 같았다.

우리는 많은 시간을 어떻게 할지 서로 의논하고 결론을 내렸다. 자수해서 등록증을 받기로 했다. 물론 많은 돈과 시간, 심지어 감옥에 갈 수도 있었다.

하지만 남편과 나는 당당하게 살고 싶었다. 우리는 곧 자수했다. 그러고 나니 돈 들어갈 일이 한두 가지가 아니었다. 생각했던 것보다 몇 배는 많았다. 변호사비, 공탁금, 보조금 등등 듣도 보도 못한 명목으로 들어가는 돈이 수백만 엔이 넘었다. 우리 부부가 그동안 벌었던 돈을 모두 써야만 했다. 그런 덕에 우리는 일 년 만에 등록증을 받고 일본에서 살 수 있게 되었다. 자수했다는 점을 많이 감안해서 생각보다 빠르게 일이 진행되었다고 했다. 실제로 돈은 있어도 등록증을 받기위해서 몇 년을 기다려야 하는 사람도 있었다. 그 사이 임시 등록증을 받아 생활해야 하지만 임시 등록증은 말 그대로 임시로 보장해 주는 것이기 때문에 언제 그 효력이 상실될 지는 모르는 일이었다.

처음부터 다시 시작하다

등록증이 나온 날 남편과 나는 한참을 부둥켜안고 울었다. 다른 나라에서 당당하게 살게 된 기쁨과 자유와 그동안의 설움이 한꺼번에 밀려왔기 때문이었다.

등록을 했다고 해도 귀화를 한 것은 아니었다. 이것은 말 그대로 외국인 등록증이었다. 법적으로 일본 사람이 되기 위해서는 귀화를 해야 했다. 하지만 일본에서 살기는 살아도 귀화를 할 수는 없었다. 엄연히 한국사람인데 귀화를 해 일본사람이 될 수는 없었다. 애국심이 투철해서가 아니고 그냥 조상과 동포들에 대한 도리라고 생각했다. 그 당시 많은 제일교포들이 귀화를 하지 않고 그렇게 살았다. 일본 사람들이 곱지 않은 시선으로 보기는 해도 등록이 되어 있으니 법적으로는 아무런 하자가 없었다. 우리 부부는 비로소 밀항자가 아닌 떳떳한 신분으로 일본에서 살 수 있게 되었다.

그러나 또 다시 빈손이었다. 실망감도 들고 허탈하기도 했다. 하지만 모든 일에 감사하기로 했다. 처음 시작할 때도 맨손이었고 지금도 똑같이 맨손이지만 우리에게는 당당하게 살 수 있는 등록증이 있었다.

남편과 나는 그 어느 때보다 더욱 열심히 일했다. 장사에 익숙해지자 낮에는 충분히 혼자 가게를 돌볼 수가 있게 되었다. 여전히 술집은 호황이었다. 당시 우리는 가진 돈을 모조리 등록을 하는데 쓴 터라 남의 집에 방 하나를 빌려 세 들어 살고 있었다. 남편과 나는 피곤

한 몸을 서로 위로하며 서로에게 힘이 되어 주었다. 밀항자, 조센징이라고 숨지 않고 일본사람들과 당당하게 경쟁하면서 열심히 살았다. 나는 힘들 때마다 제주 해녀의 근성이 살아나는 것을 느낄 수 있었다.

우리 가게는 일 년 전보다 훨씬 장사가 잘 되었다. 그렇게 일 년이 지나자 우리는 맨션에 전세로 들어갈 수가 있게 되었다. 그리고 다시 일 년이 지나 조그만 주택을 하나 장만할 수 있었다. 빈손이 된 지 이 년 만에 처음으로 우리집을 장만한 것이었다.

"여보 옛날에 당신이 나한테 했던 말 기억 나요?"

처음 이사 온 날 나는 남편에게 옛날 일을 되물어보았다.

"응? 무슨? 아! 이층짜리 조그만 집이라도 있었으면 했던 것 말이오? 그럼 기억하지 그걸 어떻게 잊을 수 있겠소."

남편은 창밖 먼 산을 바라보며 그때의 일을 기억하는 것 같았다.

"우리가 함께 노력해서 얻은 집이에요. 영원히 떠나지 말고 평생 여기서 살아요. 우리."

남편은 미소를 지어보이며 나를 안아주었다. 남편과 나는 이 집에서 평생 함께할 것을 약속했다.

집은 이층이었다. 일층에는 '갑보割烹' 요리 음식점을 냈다. 쓰나끄와 음식점을 병행한 것이다. '갑보' 는 고급 요리집이다. 보통 비즈니스 접대를 위한 식당이었다.

남편은 밤에는 쓰나끄를 보고 새벽이면 자전거를 타고 도매시장에 가 갑보와 쓰나끄에 사용할 야채와 여러 음식 재료들을 사왔다. 편안하게 재료를 납품하는 사람에게서 구입을 하면 되지만 그렇게 하면 싸고 싱싱한 재료를 구입할 수가 없었다. 납품업자들이 가져다 주는 재료들을 몇 번 써보았지만 믿을 수 없었다. 하는 수 없이 남편이 직접 자전거를 타고 그날 그날 싱싱한 재료를 구입하러 다녔다.

밤늦도록 쓰나끄에서 일하고 돌아온 남편은 제대로 쉬지도 못하고 도매상으로 가야 했다. 매일 새벽 3시에 갔다. 그 시간이 가장 좋은 재료를 구할 수 있는 시간이기 때문이었다.

그렇게 매일 새벽에 나가서 밤늦게까지 일하느라 남편의 몸에 무리가 왔다. 2년 만에 허리디스크에 걸려 일을 할 수 없게 된 것이다. 제대로 쉬지도 못하고 몸을 혹사해서 탈이 난 것이다. 나는 남편을 쉬게 했다. 허리디스크는 잘먹고 쉬어야 한다고 들었기 때문이다.

그래서 나는 낮에만 보던 쓰나끄를 밤에도 보게 되었다. 낮에야 어느 정도 볼 수 있게 되었다지만 밤에는 여전히 어려웠다. 처음에는 취객들이 행패 부리는 것이 무서워 주방에서 나오질 않았다. 그러다 차츰 일도 익고 배포도 생겨 남편만큼 가게를 돌볼 수 있게 되었다.

어느 정도 익숙해질 무렵에 가게가 헐리게 되었다. 건물이 낡아 새로 짓는다는 것이었다. 장사도 잘 되고 우리에게 집도 주고 밥도 준 가게였다. 정도 많이 들어 서운하기가 이루 말할 수 없었다. 그래도 건물이 헐린다는 데야 어쩔 수 없는 노릇이었다. 그래서 가게를 다른 곳으로 옮겼다. 그리고 그곳에서 15년을 장사를 했다. 그 가게는 지금도 여전히 있다.

남편이 허리디스크로 쉬는 사이 나는 남편의 몫까지 하기 위해 무척 애쓰며 평소보다 몇 십 배는 부지런히 움직였다. 집에서 가게까지는 자전거로 30분을 가야 한다. 그런데 매일 가게로 가기 전에 시장에 들러 그날 그날 장사할 재료를 구입해야 한다. 그러자면 누구보다 일찍 집에서 나가야 한다. 저녁 늦게까지 일을 하고는 얼마 쉬지도 못한 채 또다시 새벽에 집을 나서는 생활을 근 5년을 넘게 했다. 그렇게 악바리처럼 살다보니 자연스럽게 돈도 모이게 되었다. 그러자 나는 요코하마에 일본의 선술집인 이자카야 가게를 하나 더 차리게 되었다. 그리고 대리인을 세워 경영하게 했다. 이자카야는 부담 없이 간단하게 술을 먹을 수 있는 곳이다. 그리고 그 당시 요코하마는 일본의 고도성장의 영향으로 항만 시설이 늘어나고 노동자들이 많이 몰려들었다. 그리고 도시개발도 그때부터 한창 이루어지고 있었다. 일자리가 있는 곳에는 사람들이 모이게 되고 또 장사를 하려면 사람들이 많이 모이는 곳에서 해야 수익을 많이 낼 수 있다.

쓰나끄와 갑보를 운영하다 보니, 서민들이 갈 만한 술집도 차려놓으면 돈이 되겠다는 생각을 하게 되었다. 그리고 그때는 쓰나끄 가게가 공사를 하게 되면서 잠시 손을 놓고 있을 때이기도 했다.

4장
삶의 수레바퀴를 돌아보다

붓다는 말했다.

"지금은 몸이 있다 해도 오래지 않아 모두 흙으로 돌아가

몸이 무너지고 정신은 흩어지니 잠깐 머무르는 것을 탐할 이유가 있겠는가?

잠깐 있다 스러질 몸을 위해 욕심을 부리고 화를 내며

남과 다툴 일이 뭐란 말인가?

물질은 '나' 라고 할 수 없다.

물질을 '나' 라고 한다면, 응당 거기에 병이나 괴로움이 생기지 않을 것이며

이렇게 되었으면 혹은 저렇게 되었으면 하고 바라지 않을 것이다.

물질에는 '나' 라고 할 만한 것이 없기 때문에 병과 괴로움이 생기는 것이며,

이렇게 되었으면 혹은 저렇게 되었으면 하고 바라게 되는 것이다.

느낌, 생각, 행동, 의식 역시 마찬가지이다.

너희들의 생각은 어떤가?

물질은 항상(늘, 매번 그러함)된 것인가?"

"항상된 것이 아닙니다."

"만약 항상된 것이 아니라면 그것은 괴로운 것인가?"
"그렇습니다."
"항상되지 않고 괴로운 것이라면 그것은 변하고 바뀌는 법이다.
이렇게 진리를 알게 되면 세상에 전혀 취할 것이 없게 되고,
그렇기 때문에 집착할 것이 없게 된다."
벌이 꿀을 모으느라 피로한 줄도 모르고
여러 날 이 꽃 저 꽃을 기웃거리며 마침내 이루어도
인간들이 빼앗아 가버려 제 먹을 것은 하나도 없듯이
사람도 재물을 모으느라 온갖 고생을 다하지만
죽으면 다른 사람의 손에 들어가게 되고 몸에는
죄만 남아 그 고통이 한량 없으리라.

　－ 삼혜경三慧經

남편의 암 선고

디스크로 고생하던 남편의 증세는 점점 심해졌다. 처음에는 불안하게나마 걷던 남편이 이제는 거의 걷지를 못하고 누워서 생활하는 때가 많았다. 증세가 심해져 약을 처방받아 복용을 하면 한동안은 괜찮아져서 조금씩 거동을 했지만 그것도 잠시 뿐이었다. 그야말로 진통제로 연명을 했던 것이다. 진통제는 시간이 갈수록 점점 강한 것으로 처방을 해야 하기 때문에 결국엔 약효가 나타나지 않게 된다. 소위 말하는 약발이 듣지 않게 되는 것이다.

그때는 아이들도 아직 어리고 부모의 보살핌이 필요했던 나이였다. 그렇다고 전적으로 아이들에게 헌신할 수는 없었다. 벌여 놓은 사업도 있고 또 그 사업으로 생활을 해야 했기 때문이다.

집에서 가게까지 가려면 자전거로 30분은 달려야 했다. 가게와 집이 가까이에 있으면 내가 힘도 덜 들고 아이들과 남편에게 좀 더 많은 신경을 쓸 수 있을 것 같았다. 그런데 가게를 집 근처로 옮겨 올 수는 없었다. 그동안 사업을 하면서 구축해 놓은 영업망과 고객들이 있었기 때문에 가게를 옮긴다면 한동안 고전할 수도 있고 자칫 가게 문을 닫아야 하는 수가 생길 수도 있었다. 그래서 하는 수 없이 집을 가게 근처로 옮기기로 했다.

그때 우리집은 2층 주택을 헐고 5층으로 증축을 했었다. 아이들이 커가고 살림도 늘어났기 때문에 큰 집이 필요했다. 그리고 매번 필요할 때마다 집을 옮길 수는 없는 노릇이었다. 또 그동안 내가 일본에서 어렵게 생활을 했고, 객지 생활을 많이 했기 때문에 안정된 집이 있었으면 하는 소망이 컸다. 그래서 오랫동안 그곳에서 살 목적으로 돈을 들여 살던 집을 증축했던 것이다.

그런데 이제는 남편과 아이들을 위해 그 보금자리를 팔아야 했다. 몇 년을 고생하면서 모은 재산으로 지은 집이기 때문에 처음엔 팔기가 두려웠다. 너무나 아까웠기 때문이었다. 눈물을 머금고 집을 내놓았다. 그리고 가게 근처에 집을 알아보러 다녔다. 가게 근처로 집을 알아보러 다닌 곳은 우리가 살던 곳과는 달리 번화가가 시작되는 곳이었다. 그래서 집들이 깨끗하고 신축건물들이 많았다. 그 당시 요코하마 시 당국은 도시 전체의 디자인을 몇 십 년 후까지 생각하면서 설계하고 도시건설을 추진하고 있었기 때문에 주위 환경은 그리 나쁘지 않았다. 향후에 가치가 더 많이 올라갈 요지가 많았다. 하지만 한동안 나는 마음에 드는 집이 하나도 없었다. 아무리 잘 지은 집이라도 왠지 마음이 동하지 않았다. 아마도 살고 있는 집에 대한 애착이 많기 때문일 것이다.

이사 가는 날 나는 집안 곳곳을 다니면서 벽이며 문이며 바닥을 손으로 쓸고 또 쓸었다. 일본에서 그나마 안정적으로 살기 시작하면서부터 보금자리로 나와 가족을 포근하게 감싸주었던 곳을 다시는 못 올 것 같은 생각이 들었기 때문이었다. 그래도 이곳에서 증축하고 산 3년여의 시간을 돌이켜보면 꿈같은 시간이었다. 아마도 평생 잊지 못할 시간이었고 보금자리였다.

아이들은 아무 탈 없이 잘 자라주었다. 그런데 집까지 이사를 하면서 남편을 돌봤지만 남편의 병세는 나아질 기미가 없었다. 원래 성격이 활동적이었던 남편은 몇 년 째 마음대로 거동을 못하고 있으니 그 답답증이 홧병으로 옮아가는 것 같았다. 가끔 마음대로 움직일 수 없는 자신이 미워 괜한 일에도 짜증을 부리고 언성을 높이기도 했다.

사람이 활동을 하지 않으면 온몸의 기氣도 서서히 빠져나가게 된다. 온몸이 녹아내리는 것 같이 힘도 없고 만사가 귀찮아지게 된다. 실제로 아주 건장한 사람을 침대에 뉘여 놓고 움직이지 못하게 하면 온몸의 근육이 흐물흐물하게 약해진다. 근육이 약해지면 뼈를 지탱하기 어려워져 움직이기가 힘들어진다, 그러다보면 결국 누워서 지낼 수밖에 없게 된다. 허리디스크를 앓고 있는 사람이 누워만 있게 되면 산송장과 같다. 점점 몸은 약해지고 병에 대한 면역력도 떨어지게 된다. 남편은 그런 상태에서 얼마 먹지도 못했을 뿐 아니라 소화기능도 떨어졌다.

"여보. 요즘 왜 이렇게 속이 미식거리지? 먹은 것도 별로 없는 데 말이야. 요즘엔 구토도 자주 하고 가끔 피도 토하는 것 같아. 아무래도 큰 병에 걸린 것 같아."

어느 날 가게로 가기 전에 남편은 불편한 몸을 일으켜 나를 배웅해 주면서 그렇게 말했다. 나는 가슴이 철렁 내려앉는 것 같았다.

"큰 병이라뇨? 워낙 먹는 양이 작아서 미식거리는 것일 거예요."

나는 잘 먹어야 병도 잘 이길 수 있다고 말했다. 그리고 평소 식욕이 없어 잘 먹지 않는 남편에게 틈 날 때마다 무엇이든 먹어야 한다고 했다. 나는 언제나 남편의 주위에 먹을거리를 놓아두었다. 하지만 남편은 잘 먹질 않았다. 늘 그 양에는 변화가 없었다.

나는 하루 종일 마음이 뒤숭숭했다. 가게에 손님이 찾아오는 것도 반갑지 않을 정도로 남편 생각에 늘 불안한 마음이었다. 며칠 전전긍긍하다 병원을 찾았다. 병원은 사람을 무척 긴장되고 주눅들게 한다. 그리고 불길한 예감과 불확실한 미래에 대한 불안과 공포를 느끼게 하는 곳이다. 누군가에게 좋지 않은 일이 벌어지지 않을까 하는 불안은 건강한 사람도 심약하게 만들어 병이 생길 정도로 병원의 분위기는 사람을 압도한다. 병원에서 흐르는 음습하고 불안한 기운은 전 세계 어느 병원이나 마찬가지인 것 같다. 제주도나 한국이나 일본도 묘한 그 기운은 비슷할 것이다.

　검사를 받으러 들어간 남편을 기다리는 시간은, 힘들고 어렵게 살아온 지금까지의 내 인생의 시간보다 몇 배는 길었다. 나도 모르게 두 손을 모으고 기도했다. 남편의 병세가 나빠진 것은 의사가 아니라도 알 수 있었다. 다만 극단적이지 않기만을 바랐다. 아마 이렇게 간절히 누군가에게 기도를 하며 무언가를 바랐던 적은 없었다.

　종교는 나의 삶과는 아무런 연관이 없다고 믿었다. 주위 사람들이 교회를 다니고 절에 다녀도, 심지어 하늘의 보름달을 보며 기도하는 것조차 나의 삶과는 하등의 연관이 없으며 내가 열심히 사는 것 자체가 나의 종교이고 믿음이라고 굳게 믿고 살았다.

　그런 내가 나도 모르게 두 손을 모으고 누군가에게 남편의 건강을 빌었다는 것은 누가 들으면 믿을 수 없다며 깜짝 놀랄 일이다. 남편을 낫게 하고 살릴 수 있는 것은 약과 진화된 의학기술이라고 믿는 나이기 때문에 더욱 그랬다.

　얼마나 시간이 지났을까? "김형균 씨 보호자 되시는 분 어디 계세요?" 하는 간호사의 말에 환각에서 깨어난 것처럼 화들짝 놀라며 소리나는 쪽으로 걸어갔다.

　"남편이 가끔 구토 증세도 보이시던가요? 그리고 체중은 언제부터 급격히 빠졌나요?"

　의사는 남편의 증상에 대한 몇 가지 더 확인을 했다.

　"남편 분은 아주 위험한 상태입니다."

"네? ……. 얼마나요?"

나는 혹시나 했던 불길함이 발끝에서부터 서서히 밀려 올라오는 것을 느꼈다. 불길한 기운이 심장에 다다르는 순간 맥박은 급속도로 빨라지고 호흡도 곤란해졌다.

"자. 진정하시고. 지금부터 제 이야기를 잘 들으셔야 합니다."

의사는 정신이 가물가물해지는 나의 어깨를 흔들었다.

"그동안 너무 오랫동안 누워 지내셨습니다. 면역력도 약해졌고, 신진대사 전체가 문제가 있습니다. 그리고 위에는 암세포가 발견되었습니다. 크지는 않은 것 같은데, 문제는 수술 후 버틸 수 있는 힘이 얼마나 있는가 하는 것입니다."

남편의 짧았던 투병생활

남편의 위암은 수술을 하면 제거될 수 있었다. 하지만 그후 몸 관리를 어떻게 하는지가 문제였다. 남편은 입원을 하고 곧 수술 날짜를 잡았다. 집에서 누워 있던 남편을 보다가 병실에 누워 있는 남편을 보니 정말로 심각한 병을 앓고 있는 환자 같았다. 그동안 무심했던 내 자신이 미안했다. 좀 더 일찍 병원을 찾았으면 수술을 하지 않고도 건강을 회복할 수도 있었을 것 같은 후회가 밀려왔다.

남편이 수술 받던 날. 수술실 밖에서 기다리던 나는 아주 익숙하게 두 손을 모으고 또 기도를 하게 되었다. 이런 나의 모습이 이제는 그리 놀랄 일도 아니라고 느껴졌다. 예전부터 그래왔던 것처럼 자연스러웠다.

기도 덕분이었는지 남편의 수술은 성공적이었다. 몇 차례의 항암 치료를 받고 퇴원한 남편은 입원하기 전보다 많은 것이 달라져 있었다. 얼굴표정, 생활태도, 말씨까지 많은 부분이 달라져 있었다. 큰 병을 겪고 난 후 남편은 살아야겠다는 의지가 강해진 것이다. 무기력하고 자괴감에 빠져 있던 남편의 모습이 아니었다. 신혼 초의 건장한 남편의 모습을 찾아가는 것 같았다.

남편은 옛날에 복싱을 했다. 그래서 몸이 민첩하고 매사에 적극적이었다. 그리고 무슨 일에서건 판단력도 무척 빨랐다. 거기다 덩치도 큰 편이었다. 처음 술집을 할 때는 얕잡아 보고 가게에서 행패를 부리는 사람들이 종종 있었다. 그럴 때마다 남편이 나서서 일거에 상황을 종료시켜 버렸다.

남편은 조금씩 건강을 회복하는 것 같았다. 나도 이전보다 더 열심히 남편을 보살폈다. 그러던 어느 날 갑자기 남편의 배가 부풀어 오르기 시작했다. 많이 먹어서 나오는 배가 아니었다. 마치 물풍선을 만지는 느낌이었다. 남편은 간암이었다.

위암 수술 후 건강을 회복하며 예전처럼 행복한 삶으로 돌아갈 수 있지 않을까 했던 기대가 일시에 무너졌다.

위암 수술 때 암세포가 완전히 제거되지 않아 간으로 전이가 됐던 것이다. 그래서 복수가 차고 다시 병상에 눕게 되었다. 복수는 복강 내에 수분이 고여 있는 것으로 소변으로 염분 배출이 잘 이루어지지 않을 때 발생하게 된다. 간암이나 간경변증 환자에게 가장 흔하게 나타나는 증상이지만 결과는 좋지 않다고 한다. 간암이 복수가 차는 증상과 함께 발생하면 2년 이내 생존율이 50% 미만이라고 한다. 그리고 쓸개에도 암으로 의심되는 종양이 있다고 했다.

남편이 나와 아이들의 곁에서 살 날이 그리 많지 않다고 생각하니 머리가 쭈뼛거리며 온몸이 부들부들 떨렸다. 단 하루라도 남편의 삶을 연장할 수 있다면 쓸 수 있는 모든 방법을 다 쓰고 싶었다. 하지만 의사는 더 이상의 수술은 무의미하다며 환자가 편안하게 죽음을 맞을 수 있도록 도와주는 것이 현재로서는 환자를 위해 가장 필요한 것이라고 했다.

산다는 것이 무엇인지, 인연이라는 것이 무엇인지 모든 것이 허무했다. 집으로 돌아온 남편은 모든 것을 체념하고 하루하루 다가오는 죽음을 기다리고 있었다. 남편의 마지막을 지켜보는 나는 가슴이 찢어지는 것 같았다. 늘 밝고 건강하던 아이들도 점점 웃음을 잃어가고 아버지를 보고 눈물을 흘렸다. 남편은 애써 태연하게 아이들을 대하고 나에게 말을 건넸지만 그 마음을 알기에 더욱 슬펐다.

그후 얼마 지나지 않아 남편은 세상을 떠났다. 그때 아들이 18살이었고 딸이 15살이었다. 나는 남편을 양지바른 곳에 장사지내고 묻었다. 남편의 하관식이 거행되고 첫 삽을 떠 흙을 뿌리기 전까지 남편의 죽음을 실감할 수가 없었다. 집에 돌아가면 남편이 사람 좋은 웃음을 하며 반갑게 맞아 줄 것만 같았다.

모든 장례를 마치고 산에서 내려오자 너무나 허전했다. 내 몸의 반이 갑자기 빠져나가 헐거워진 몸을 이리저리 빈 바람에 펄럭이며 질척질척 걷고 있는 느낌이었다. 공허하고 불안한 마음은 없어지지가 않았다. 이 공허함과 허전함을 어떻게 극복해야 할지 도무지 그 답을 찾을 수가 없었다.

"아직 남편의 혼령이 완전히 저세상으로 가지 않아서 그래요. 원래 죽은 사람의 혼령은 얼마동안은 집과 가족들 주위를 맴돈다고 하네요. 그동안 가족들을 지켜주기도 한다고 해요."

남편의 장사를 치르고 난 후 3일 정도 지난 어느 날 평소 친하게 지내는 이웃이 나의 불안하고 공허한 마음을 알고 찾아와서는 남편의 혼령을 달래주는 것이 좋겠다고 했다.

나는 종교를 믿는 것은 아니지만 그동안 고생하고 병들어 죽은 남편의 불행한 삶을 조금이나마 위로할 수 있고, 미안한 나의 마음이 조금이나마 풀릴 수 있다면 종교에 의지해보는 것도 괜찮다고 생각했다. 그날로 나는 바로 근처 절에 남편의 혼령을 모셨다. 그리고 매일 아침, 점심, 저녁 공양을 했다.

그래도 공허하고 허무한 마음이 가시지를 않았다. 특히 남편이 죽고 나서는 가게 문 열기가 두려워졌다. 남편이 아프기 시작하면서부터 가게는 내가 다 꾸려왔지만 남편이라는 든든한 버팀목이 없어져 무엇을 어떻게 해야 할지 난감했다. 예전의 모습을 찾고 가게를 운영하게 되기까지 몇 개월의 시간이 필요했다. 그때까지 나는 부지런히 절에 다니면서 남편의 공양에 전념했다.

부처님이 마음의 빈곳을 채워주다

그 당시 절에 모신 혼령은 3개월이 되면 대상, 소상 다 치르고 그야말로 탈상을 하는 경우가 많았다. 그런데 나는 아침, 점심, 저녁 공양을 3년을 했다. 한 번도 절에 다녀 본 적이 없고 종교의 첫 글자도 모르는 내가 하루도 거르지 않고 절에 다니며 이미 이세상 사람이 아닌 남편을 위해 공양을 했다는 것은 그야말로 믿을 수 없는 미스테리한 일이다. 지금도 지인들을 만나 그때의 일을 이야기할 때면 도저히 이해할 수 없다고 한다. 나도 무슨 마음으로 3년씩 다녔는지 신기할 따름이다. 다만 남편과의 인연을 끝내고 또 다른 인연을 만나게 하기 위한 정해진 운명이 아니었을까 생각할 따름이다.

3년 상을 다 치르고 나는 남편의 49재까지 지냈다. 아마도 남편을 만나 평생 처음으로 극진하게 섬긴 기간이지 않을까. 살아생전 이렇게 극진하게 섬기지 못한 것이 못내 아쉽지만 죽은 다음이라도 이렇게 섬길 수 있다는 것만으로도 나는 무척 행복했다.

남편을 흙에 묻고 절에서 49재를 지냈어도 나는 남편의 부재를 인정할 수가 없었다. 언제라도 내 곁으로 와서 "여보, 힘들지, 내가 도와줄까?" 하고 넌지시 말을 건넬 것만 같았다. 이래선 안 되겠다 싶어서 집 안에 조그만 제단을 짓고 남편을 모시고 부처님께 공양을 드리기로 했다. 아무래도 술장사를 하다 보니 주변 부랑자들과 시비도 붙고 안 좋은 일들도 연이어 일어나는 것 같았다. 이 모든 게 내 부덕의 소치인 것 같아 부처님께 공양을 드려야겠다고 생각했다. 친한 지인으로부터 조그만 절을 운영하는 스님이 계시다는 말을 듣고 그 스님을 찾아갔다. 가보니 그 스님은 조그만 다다미 방에 부처님을 모시고 공양을 하고 있었다. 부산에서 오신 스님이라고 했다.

나는 스님에게 "마침 우리집이 비어 있으니 우리집에 부처님을 모시면 어떻겠습니까?" 하고 제안을 했다. 그러자 스님이 선선히 그러마고 해 그날로 우리집에 조그만 공양터를 마련해 부처님께 기도를 드리게 되었다. 지금 알고 보니 거처를 여기저기로 옮기는 스님들은 제대로 된 스님이 아닌 것이었다. 그런데 그때는 그 스님이 그런 줄 몰랐다. 나도 들은 말은 있고 해서 부처님 상 안에 일본돈으로 3백만엔 어치 금을 넣어두었다. 그러면 복이 온다는 것이었다.

그런데 얼마 지나지 않아 스님이 온다간다 말도 없이 우리집을 떠나는 일이 벌어졌다.

스님은 원래 빠징꼬를 좋아했다. 그래서 어느 날 우리집에서 절 일을 보는 공양보살과 둘이서 빠징코를 하러 갔다. 그런데 그 보살이 스님이 오신다고 하니까 전날 보따리를 싸놓고 스님을 기다리고 있었다. 그때 보따리에 금덩이도 함께 넣어두었던 것이다. 그런데 스님과 빠징코를 하고 나서 집에 가고 싶은 마음이 굴뚝같았던 모양이다. 그 보살도 비자가 없는 불법체류자였다. 그래서 그 보따리를 들고 집에서 나가 버린 일이 발생했다.

나는 지금도 그때 일을 생각하면 사람을 못 믿게 되는 게 너무 안타까웠다. 그때 나는 친척들에게 "아, 정말 스님도 못 믿겠고, 사람도 못 믿겠어. 어떻게 부처님 속을 파가지고 간단 말이에요." 하고 답답한 마음을 토로한 적이 있었다.

그래서 할 수 없이 다른 스님을 모셔와야겠다고 수소문을 해서 다른 스님을 모셔 왔다.

그런데 모셔온 스님이 사고낸 스님을 잘 아는 분이었다. 그 스님이 인계를 받고 내가 들어오시라 해서 왔는데, 접마식을 하면서 부처님 상 안을 열어보니 금덩이가 들어있는 게 아닌가. 아마도 내 생각엔 우리집에서 나간 스님이 다시 우리집으로 오는 스님한테 금덩이를 다시 넣어달라고 부탁을 한 모양이었다.

그후 다른 스님이 한분 더 오셔서 우리집에서 부처님을 모시게 되었다. 그 스님은 자신이 절을 하다 안 돼서 창고에 부처님을 넣어두고 있었다. 내가 그 스님 소식을 듣고 찾아가서 "우리집에 비는 공간이 있으니 이곳에 부처님을 모시고 와서 기도드리다가 절터를 마련하면 조그만한 절이라도 하나 지어서 기도하고 삽시다." 하고 부탁을 드렸다. 그래서 그 스님이 우리집에 오시게 됐다.

그런데 어느날 조카 남편이 불의의 사고로 세상을 뜨는 일이 발생했다. 그래서 내가 다른 절에 가지 말고 여기 모셔서 49재를 지내자고 제안을 했다. 그런데 돈이 하나도 없는 조카가 스님에게 2천만원을 49재 비용으로 내는 것이었다. 그 스님은 나도 모르게 또 사촌언니에게도 300만원을 받았다. 나도 스님에게 돈을 드리려고 했는데 '이렇게 사람을 속이면서까지 뒷돈을 챙길 수가 있을까?'라는 생각에 스님을 한국으로 돌려보냈다.

나를 비워 부처님이 지혜를 구하다

남편의 3년 상과 49재를 드리기 위해 절에 다니는 동안 나는 무척 많은 생각을 하게 되었다. 나라고 하는 한 인간이 태어나서 자라고 성장하며 제주도와 일본과 한국에서 숱한 과거와 현재를 넘나들며 얼마나 많은 오욕칠정五慾七情에 번민해 왔던가.

그동안 나는 다른 사람 같았으면 평생 한 번도 일어날까 말까 한 일들을 참으로 많이 겪었다. 그 당시에도 매일 크고 작은 일들이 늘 주위를 떠나지 않았다. 안 하던 장사를 처음 하게 되었을 때는 2개월 만에 3천만 엔에 가까운 돈을 날려버리기도 했다.

술이 많이 취한 부랑자들과 옥신각신하다 칼에 찔려 목숨을 잃을

뻔한 적도 있었다. 제주도에 있을 때도 아버지와 할아버지의 죽음, 그리고 두 오빠의 죽음과 행방불명으로 인해 고단한 삶을 살아야 했던 일, 순탄치 못한 첫 결혼, 일본에서의 고단한 삶 등을 생각하니 내가 왜 그렇게 한치 앞도 내다보지 못하고 살았을까 하는 반성 아닌 반성을 하게 되었다. 종교가 무엇인지, 부처님의 가르침이 무엇인지 여전히 알지도 못한 채 나는 절에 다니면서 나를 돌아보기 시작했다.

돈을 벌기 위해 이를 악물고 바다에 뛰어들고, 목숨을 걸고 밀항을 한 것들이 하나 둘씩 무의미해지기 시작했다. 옛날에는 그 모든 것이 나와 가족의 행복을 위해 희생하는 것이고 내가 희생하는 만큼 가족들도 행복할 것이라는 생각을 했다. 하지만 내가 그렇게 생각하는 만큼 행복은 그렇게 쉽게 다가오지 않았다. 아마도 나의 파랑새를 잡기 위해 나는 너무 멀리 헤매고 다녔는지도 모른다.

나는 우선 내 마음의 행복과 고단한 삶의 궤적을 바꾸어 놓을 무언가가 필요했다. 이것은 내가 마음먹는다고 해결되는 일이 아니었다. 나는 불교에 대해 조금씩 배우기 시작했고, 나의 고단한 삶의 궤적을 바꾸어 줄 무언가를 끊임없이 찾기 시작했다.

그것은 나를 버리는 것이었다. 욕심을 쫓아 방황하는 나를 버리는 것이었다.

내가 절에 3년 이상을 공양하면서 성실히 다니자 절에 있던 스님이 나에 대한 이야기를 들으시고는 다음과 같은 이야기를 해주었다.

"부처님은 『지장경』에서 우리 중생들을 가리켜 등에 커다란 짐을

지고 수레에는 무거운 짐을 가득 싣고 언덕빼기를 올라가는 이와 같다고 말씀하셨습니다."

무거운 등짐을 지고 수레에 담고 싶은 것은 모조리 담았으니 밀고 올라가기가 얼마나 힘들겠는가? 이것이 바로 우리 중생들이 살아가는 모습이다. 누가 억지로 등짐을 지라고 한 것도 아닌데 스스로 짊어진 것이다. 사람들은 이처럼 무거운 짐을 스스로 끌어안고 힘들게 살아간다.

"성공적인 인생을 살기 위해서는 욕심을 놓아야 합니다. 과감하게 나를 버리고 비우면 마음의 공간이 넓어지고 마음이 맑아져 부처님과 같은 지혜가 열릴 것입니다."

마음을 비우고 나와 남을 둘이 아닌 때라고 보는 마음은 넘치므로, 인생가는 계산과 분별을 버린 마음이며, 그 마음은 부처님과 하나 된 마음이므로 부처님이 갖추고 계신 무한한 에너지를 머금을 수 있다고 했다. 나를 버리고 나를 비우면 부처님의 지혜가 차고 넘친다.

사실 그 당시 나는 부처님의 지혜가 무엇인지 잘 몰랐다. 그리고 알기도 힘들었다. 다만 나는 무엇보다 나를 버리고 편안해지기 위해 부처와 같이 나에게 지혜를 줄 수 있는 존재를 영접해야겠다고 마음먹었을 뿐이다.

옥불사로 향하는 인연

성천스님과의 인연은 지금으로부터 6년 전으로 거슬러 올라간다. 그 당시 나는 도내 원당사라는 절에 다니고 있었다. 어느 날 원당사 신도가 내가 살고 있는 요코하마 집에 들른 적이 있었다. 그때 그 신도가 "자기가 잘 아는 스님이 제주도 전통불교의식을 재현하고 '요람에서 무덤까지' 부처님 가피를 온전히 전할 수 있는 불국토를 재현키 위해 큰 터를 찾고 있다."는 얘기를 나에게 전해주었다.

이 말을 들은 나는 그 자리에서 불사하겠다는 의사를 표명했다. 당시의 전격적인 결정에 대해 다소 성급하고 뜻밖의 결정이라고 의아해할 수도 있는 상황이었다. 하지만 오래전부터 내 인생의 시작과 끝은 내 고향 제주도에서 마치고 싶고, 부처님께 작으나마 불사하는 게 평소의 소원이었던 터라 아무런 미련없이 불사를 결정하게 되었다. 물론 얼굴도 본 적이 없는 낯선 스님에게 불사한다는 게 보통 사람은 상상하기 힘든 일이었을지도 모른다. 하지만 나는 남편이 세상을 뜨고부터 늘 마음속으로 부처님 전에 내 남은 재산을 바치겠다는 뜻을 굳히고 있었다. 그런 차에 스님의 큰뜻을 전해 듣고는 이 인연이 바로 부처님이 내게 주신 기회가 아닐까 하는 생각이 들어 아무런 주저함이 없이 스님께 전화를 드리고 불사하게 된 것이다.

언제부턴가 입버릇처럼 늘 마음속에 간직하고 있던 생각은 평생을 일본에서 어렵게 번 재산을 사적인 데보다는 공적인 데에 쓰고 싶다는 것이었다. 이런 평소의 생각에 덧붙여 죽음을 생각할 나이에 이르자, 가급적 조그만 사찰을 지어 내 노후를 보내고 고향의 조상들을 기리는 기도처로 삼으면 어떨까 하는 생각을 갖게 되었고 옥불사와 인연을 맺게 된 것이다.

제3부

보시報施, 무욕無慾으로 가는 현자의 길

1장
부모의 마음, 자식의 마음

오욕(五慾)에 물드는 자 마치 그물에 걸린 새와 같고,
오욕에 처해 있는 자 맨발로 칼날을 밟는 것과 다름없으며,
오욕에 집착하는 자 독나무를 껴안는 것과 같으나,
슬기로운 이는 응당 모든 욕망을 똥 보듯이 하느니라.

– 대장엄론경大莊嚴論經

• 오욕: 재물욕, 색욕, 식욕, 명예욕, 그리고 수면욕을 통칭하는 말.

『천수경』에는 '수지신시광명당受持身是光明幢'이라는 금언이 있다. '믿어 지닌 이 몸이 광명의 깃발이 ∐되 께 아스서' 라는 서원인 것이다. 천수경은 보살이 실천해야 할 수련방법을 적은 글로 진정한 보살은 많은 사람들의 마음 가운데 등불을 밝히는 광명의 깃발이 되어야 한다고 했다. 다음으로 '수지심시신통장受持心是神通藏'이라는 금언이 있다. 이는 곧 '광명의 깃발을 든 사람의 마음에 부처님의 위신력威神力이 깃든다.'는 의미이다.

옥불사에서 남은 여생을 보살행菩薩行을 실천하며 살고자 하는 나는, 앞으로 '누가 해도 할 일이면 내가 한다.'라는 의지로 살아가려한다. 언제 어느 곳에서 부처님의 뜻을 따르더라도 누가 먼저 해도 할 일이면 내가 하자는 적극적인 마음을 가지며 다른 보살님들과 마음을 합쳐 일할 것이다. 보살의 참다운 태도는 바로 솔선수범하는

'수지신시광명당'의 자세이기 때문이다.

어머니의 희생을 그리워하며

지금도 눈에 선한 어머니의 모습은 '희생'이라는 두 글자로 점철되는 말 그대로 '자신을 버리고 가족을 구한' 일생의 삶이었다. 어머니의 모습은 가볍고 자그마한 꼬부랑 할머니였다. 훅 바람이라도 불면 쓰러질 것만 같은 가냘픈 체구의 어머니의 얼굴은 그 숱한 세상사 파고에 시달렸을 텐데도 불구하고 늘 옅은 미소가 떠나질 않았다. 무슨 그리 좋은 일이 많으신지 늘 사람을 보면 환하게 미소 지으며 먼저 인사를 건네셨고, 나지막한 목소리로 부처님의 가피를 전하는 데 여념이 없었다. 그렇게 법 없이도 사실 자애로운 어머니셨지만 자식에 대한 가시고기 같은 사랑은 지극함을 넘어 지고지순한 헌신의 자세로 일관하셨다.

나는 가끔 요코하마의 골목길을 산책하다가 나이 드신 할머니를 볼 때면 당唐 시인 맹교孟郊의 '떠도는 아들의 노래'라는 시를 자연스럽게 떠올리곤 한다. 아마도 먼데 자식을 떠나보낸 어머니의 애끓는 심사가 이 시처럼 가슴에 와닿는 게 없는 것같다.

자애로운 어머님 손에 들린 실.

떠도는 아들의 몸에 걸친 옷.

떠날 때 촘촘히 꿰매셨으니,

더디더디 돌아올까 걱정하셨음이라.

누가 말했던가, 한 치 풀의 마음이라도

석 달 봄의 햇살을 보답하리라.

    부모가 되어 봐야 부모의 마음을 안다는 말은 내게도 절실하게 다가오는 마음이다. 세상 모든 일들이 실제로 겪어봐야 그 애달픔을 뼈저리게 느끼겠지만, 부모가 되보면 과거 자신이 얼마나 '부모 속을 썩여 드렸는지를' 내 자식을 보며 새삼 절감하게 된다. 아마도 모친의 자식 사랑하는 마음은 이보다 더하면 더했지 한 치도 모자라지 않았을 것이다.

제주도 내 고향에 봄날이 오면 애월 일대의 짙푸른 바닷가 모래사장에는 어김없이 진노랑 유채꽃이 꽃 대궐을 이룬다. 언 땅이 녹아 대지에 생명의 푸른 기운이 하나둘 움트기 시작하면 버들강아지며 개나리가 새순을 피우며 하얗고 노란 꽃망울을 터뜨린다. 여기에 봄의 절정에 맞춰 눈마저 짓무르게 하는 진노랑 유채꽃이 해안가를 지천으로 노랗게 물들이면 어느새 또 봄의 정령精靈이 해안가를 물들임을 알 수 있다.

하얗거나 노란 봄꽃들 사이에 처음으로 진분홍색 물감이 뿌려지기 시작한다. 마른 듯한 가지에서 진달래꽃이 여러 봉오리 무리를 지어 차례로 벌어지는 모습은 청초하고 화려한 한참 물오른 가시내의 수줍게 달아오른 얼굴빛을 연상시킨다.

제주 속담에 "아들 나면 엉덩이 때리고 딸은 나면 도새기 잡으라"는 딸 선호 전통이 담긴 속담이 있다. 바로 제주도 특유의 여다女多현상과 뼛속까지 시린 해녀의 기구한 운명을 담은 제주도 여성만의 숙명적인 삶을 기리는 속담이다.

날 때부터 척박한 자연과 끊임없이 싸워야 했던 운명적인 제주 해녀의 삶, 끝없는 외부세력의 침탈 속에서 항쟁과 부역에 시달리면서 남자들이 많은 희생을 치렀기에 제주 여성들은 농사 일과 물질을 함께하면서 생계를 책임지는 삶을 살아야 했다.

지금도 그때를 생각하면 온몸이 소스라치게 떨려 오고, 오돌오돌 한기가 몸 전체로 싸하게 퍼지는 느낌이 그대로 전해져 온다. 그만큼 내 인생의 정신적 충격이 됐던 시퍼런 바닷물 속에서의 몸서리쳐지는 기억들……. 그때 나는 물질을 하면서 온몸을 채집물을 보관하는 테왁과 망사리에 기대고 수심 20m까지 들고 나며 전복과 미역 등을 땄다. 지금도 기억에 생생한 고기잡을 때 썼던 소살과 전복 따는 빗창, 미역 따는 낫 등이 고스란히 꿈 속에 나타나곤 한다.

세상사 어떻게 돌아가는지도 모르던 초등학교 2학년 때 4·3사태를 맞아 온 집안이 풍비박살이 나고 18살 어린 나이에 집안의 생계를 책임지는 혹독한 어기장의 숙명적인 삶을 감내해내야 했던 시절. 제주 해녀로는 벌이가 궁색해 육지로 나가 여수와 완도, 보길도, 진도, 삼천포에서 물질을 하면서 가까스로 가정을 지켜야 했던 소녀 시절. 그래도 나름대로 희망과 웃음을 잃지 않았던 것은 내 하나의 희생으로 동생이 웃을 수 있었고, 어머니의 주름살이 펴질 수 있었기 때문이었다.

나는 제주에서 나은 자식들과 일본에서 나은 자식들 모두에게 마음의 큰 빚을 졌다고 생각했다. 그래서 6남매에게 일찍이 골고루 재산을 나눠줘 자식들이 나처럼 고단하고 팍팍한 삶을 살지 않도록 해주었다. 하지만 재물이란 남으면 또 그대로 욕망의 대상이 되는 법. 누구에게나 재물이란 많으면 많을수록 더 소유하고 싶은 것이 사람들의 인지상정. 그래서 이제 남은 재물은 부처님의 공덕을 많은 사람들이 나누어 가질 수 있도록 의미 있는 곳에 보시하고 싶었다.

아마도 어렵고 고단하게 살면서 나 같이 살아온 수많은 제주 여인들이 마음의 안식처 하나쯤은 있어야 하지 않겠나 하는 생각 때문이었을 것이다.

그래서 가급적 너무 많은 물질을 자손들에게 물려주기 보다는 내 스스로 공덕을 쌓는다는 심정으로 어느 날 제주도 불교의 특성을 고스란히 간직한 절을 만드는 데 남은 돈을 바치기로 했다. 무엇보다도 부처님 앞에 공덕을 쌓는 게 내 남은 생의 가장 소중한 일이라고 생각했기 때문이다.

『아함경』에 보면 '담요 한 장의 보시' 라는 이야기가 나온다. 너무 가난해서 담요 한 장만 가지고 사는 부부가 있었다. 아내가 담요를 뒤집어쓰고 밖에 나가면 남편은 벌거벗은 채 집 안에 있고, 남편이 나가면 아내가 벌거벗고 집에 있어야 했다. 그러던 어느 날 길을 가던 수행자가 찾아왔다. 가진 것이라고는 담요 한 장뿐이었지만 그 부부는 담요 한 장이나마 정성스러운 마음으로 보시했다. 나중에 그 사실을 알게 된 임금님은 그 부부의 마음을 가상히 여겨 큰 상을 내렸다고 한다.

받으려는 마음을 모두 버리고 진실한 마음으로 정성을 다해야 한다. 상냥한 미소이던 친절한 말 한마디던 줄 수 있는 것은 무엇이든 건네고 베풀어야 한다. 탐욕스럽게 혼자만 잘 되겠다고 끌어들이기만 하려는 사람은 이 우주의 법칙을 거스르는 사람이다. 복을 짓고도 지었다는 생각조차 않는 그 마음이 바로 부처님 마음이다. 몸과 마음을 다해서 줄 수 있는 모든 것을 다 주려는 마음이 바로 부처님 마음인 것이다.

2장
애달픈 연緣으로 다가오는 자식들

부처님께서는 인간으로서의 인연에 대해서 이렇게 말씀하셨다.
"남편이나 자식이 내 뜻대로 움직여 주지 않더라도 속상해 마라.
다 인연 따라 모였다가 인연 따라 흩어진다.
이러한 우주의 법칙을 투철하게 인식하지 못하고 살아가기 때문에
삶이 고통스러운 것이다. 육신도 내 것이 아니다.
때가 되면 다 벗어 버리고 가야 하는 것이다."

평생을 고단한 삶으로 점철하다 보니 나는 언제부턴가 '지금 우리가 누리고 있는 것들이 언젠가는 변한다'는 사실을 받아들이게 되었다. 그러면서 내 것이라는 소유의 집착에서 벗어나면 마음은 한없이 자유롭고 평안하다는 것을 깨닫게 되었다.

스님들께서는 늘 내게 "제행무상諸行無常과 제법무아諸法無我의 법칙을 확연히 깨달으면 영원한 열반의 세계가 저절로 열린다."고 말씀하셨다.

그렇다. 삶은 끊임없이 변해 간다. 변하지 않는 것은 아무 것도 없다. 내가 지금 힘들고 괴로워도 시간이 지나면 언젠가는 스러져 갈 것이다. 원하는 것을 얻었다고 해서 기뻐할 일도 아니고 원하지 않는 인생이 나에게 왔다고 해서 물러날 것도 아닌 것이다. 다 인연따라 왔다가 인연이 다하면 사라지는 것이다. 그저 스쳐 지나가는 바람결이나 흘러가는 강물이라고 생각했다.

부처님 말씀을 알면 알수록 내 모든 것은 이번 생에 잠시 빌려 쓰는 것이므로 잘 쓰고 잘 돌려줘야겠다는 생각을 하게 되었다.

태어날 때부터 운명적으로 인생이 순탄치 않음을 예감할 수밖에 없었던 내게, 세상은 너무 무겁고 고단한 세계였다. 그럼에도 불구하고 스스로 한 번도 세상을 원망해 보거나 자신을 자책한 적은 없었다. 세상이 힘들고 고단하다고 느낄 때에는 무언가 '희망' 찬 미래가 있음을 확신하면서 주변의 나보다 더 어려운 사람들을 생각하곤 했다.

돌이켜보면 다 자신의 인연따라 자기의 길을 가는 것이었다. 무엇보다도 내 배 아파 낳은 자식들을 친지들에게 맡겨놓고 타향살이를 하는 게 너무나 가슴 아프고 힘들었다. 그저 못난 어미의 심정으로 현해탄 너머 일본 땅에서 기도하는 마음으로 자식들이 잘되기만을 기도하는 수밖에 어미로서 할 수 있는 게 아무 것도 없었다. 그저 자식이 비뚤어지지 않고 세상사를 슬기롭게 헤쳐 나가기만을 간절히 소망했다. 그저 기도하는 마음으로 틈날 때마다 절을 찾아 부처님께 내 간절한 소망을 빌었다.

내가 이억만리 타국에서 자식을 위해 간절히 두 손 모아 기도드리면서 어느 때부터 어머니가 날 위해 정화수를 떠다 놓고 얼마나 많은 기도를 올렸을지를 생각했다. 어머니는 늘 그런 존재였다. 자식의 안녕과 행복을 위해서 빌고 또 비는 존재가 바로 우리의 어머니인 것이다. 내 어머니가 그랬던 것처럼 나도 자식들의 안녕을 기원하며 새벽마다 부엌 한 켠에 정화수를 떠놓고 기도를 올렸다. 새벽 찬 공기를 마시며 첫 우물을 떠 장독대 위에 올려놓고 부처님께 빌고 또 빌었다. 비록 그 기도가 아이들에게 어떤 기운을 불어넣어줬는지는 잘 모르겠지만 내 스스로 위안은 될 수 있었다.

뭍으로 돈 벌러 가면서 옷 보따리 하나 달랑 들고 잠자고 있는 아이들을 물끄러미 바라보던 그날이 새삼 떠오른다. 제주도를 떠나 배 타고 일본으로 넘어오고 나서 하루도 자식을 그리워하지 않았던 날이 없었다. 그저 아이들에게는 모든 것이 미안하고 안쓰러울 뿐이었다.

핏줄에 대한 애정과 연민

남편이 죽고 나서 많은 변화가 있었다. 예전처럼 일도 열심히 하고 돈도 잘 벌었지만 웬지 가슴 한켠이 허전하기만 했다. 일본에서 태어난 장남도, 제주도에서 낳은 아들도 어렵게 어렵게 살아가고 있었다. 그래서 아이들의 자식이나마 맡아 키우면 아들의 형편이 좀 나아질 것 같았다. 남은 손주들을 키우면서 내리사랑이 무언지를 새삼 느낄 수 있었다. 물론 나에게 자식들을 맡겨야만 했던 본인들은 얼마나 애닮은 삶이었겠는가.

손주들을 키우면서 차츰 마음의 안정을 찾아갔지만 여전히 삶이 허허롭기만 했다. 그때부터 나는 무언가 기대고 믿을 대상을 찾곤 했던 것 같다. 그것이 불교든 마을 성황당이든 그리 큰 문제가 아니었다. 그저 이 못난 중생을 위로하고 착하게 살게 해달라고 빌고 또 빌 대상이 필요했을 뿐이다.

길고 긴 인생길을 걸어오면서 내 핏줄이 나은 자손을 보고 있노라면 그대로 핏줄에 대한 애정과 회한이 겹쳐 애달픈 심사로 다가오곤 했다. 옛말에 "내리사랑보다 큰 사랑은 없다."고 하지 않았던가.

돌이켜보면 뭐 하나 크게 이룬 것도 없고, 남 보기에 번듯한 인생살이도 못 되는 것 같아 부끄럽고 또 부끄러울 뿐이다. 나는 두 번의 결혼과 남편의 사별을 겪으면서도 내 자식을 그렇게 살뜰하게 챙기지 못한 못난 어미였다.

그래서 그런지 내가 전 세상에 빚이 많았고 자식들이 생각대로 일이 잘 풀리지 않을 때면 '내가 업이 너무 많아서 우리 손孫들이 나 때문에 고생하는 게 아닌가' 하는 생각이 줄곧 머릿속에서 떠나질 않았다. 한마디로 내 핏줄을 잘 돌보지 못한 허물이 늘그막에 다 나에게 돌아오는 게 아니냐는 속죄하는 마음이 들었다.

사실 내 자식이 배 아파 낳은 아이들이라고 해도 그 많은 손자들을 건강하고 무탈하게 잘 키운다는 건 나로서도 그리 쉬운 일은 아니었다.

그저 내 먹고살기 위해서, 팍팍한 세상을 오로지 살겠다는 일념 하나로 살을 에는 엄동설한에도 제주 해변에서, 남도 바닷가에서 이가 덜덜 떨릴 정도의 찬 물 속으로 들어가 전복이며 소라며 해산물들을 물질을 해 올리며 살았던 게 내 삶의 전부였다.

그때마다 스스로 믿었던 한 가지 신념은 어느 날부터 힘들 때마다 의지처로 삼았던 부처님의 가피력加被力이었다. 지금이야 선업선득善業善得이니 악업악득惡業惡得이니 하는 조금은 유식한 말도 할 줄 알지만 소싯적엔 무조건 '착한 일을 하면 다 나에게 좋은 일로 돌아온다'는 생각뿐이었다. 전 세상에 내가 많은 죄를 짓고 살았기 때문에 업장을 갚는다는 마음으로 내 손자들을 맡아서 잘 기르자고 다짐했다. 현세에 남들에게 나쁜 짓 안 하고 살면 적어도 더 이상 나쁜 일은 일어나지 않으리라는 생각으로 나쁜 마음으로 손자들을 키웠다. 살면서 누구에게 따뜻한 위로의 말 한마디 듣고 자라지 못했던 나는 자식들에게는 말 한마디라도 살갑고 따뜻하게 하려고 노력했다. 그럼에도 불구하고 자식들과 너무 오래 떨어져 살다 보니 부모자식간의 정을 나누고 애틋한 마음을 나누는 데는 서로가 서툴렀다.

늘 아이들에게는 어미를 필요로 할 때 곁에 있어 주지 못함이 너무나 미안하고 가슴이 미어졌다. 그래서 그랬는지 자식들에겐 어떻하던 금전적으로 보상해 주려는 마음이 많았던 것 같다.

아이들이 너무 어릴 때 일본으로 돈 벌러 가는 바람에 자연스럽게 자식들 교육에는 신경을 쓸 수가 없었다. 내 딴에는 하느라고 했다지만 자식 입장에서는 한없이 어미가 그리웠을 것이다. 자식들은 어릴 때부터 이모집에서 살다가 다시 할머니와 살면서 어려운 일들이 왜 없었겠는가. 나와는 친언니이고 어머니였지만 역시 아이들에게는 제 어미보다는 조금이라도 거리가 있는 혈육일 수밖에 없었을 것이다. 가끔 짬을 내 아이들을 보러 가면 아이들이 그렇게 내게서 떨어지지 않으려고 안간힘을 쓰곤 했다. 어머니가 돌아가시면서는 아이들은 할머니 집에서 일가친척의 돌봄도 없이 외롭고 힘들게 중·고등학교 시절을 보내야만 했다. 아이들은 가끔씩 들르는 어미에게 눈물을 흘리며 "너무 힘들다."는 말만 되풀이했다. 그럴 때마다 나는 "내 형편이 이러니 조금만 참아라."고 말하며 아이들에게 사정을 하고 떨어지지 않는 발걸음을 돌리곤 했다. 그렇게 아이들과는 어렵게나마 못난 어미지만 어미 구실을 하려고 지내다 보니 사실 인성교육이나 인간답게 사는 법 같은 걸 제대로 가르칠 기회가 거의 없었다. 어떻게 보면 아이들의 투정을 돈이나 물질로 애써 덮어보려 한 측면도 없지 않았다. 아이들을 남겨 놓고 타향살이를 한다는 건 그만큼 내 허물이 많아짐을 의미한다는 걸 그때는 미처 깨닫지 못하고 살았다. 그것을 알기에는 내 앞에 놓인 삶이 너무나 절박하고 막막했다.

자식들은 이런 내 마음을 아는지 모르는지 그저 시간이 흐르면서 자연스럽게 성장해갔다. 자식들로서도 어미도 돌봐주지 못하는 삶을 참으로 외롭고 힘들게 이겨냈을 것이다. 그런 어려움을 잘 알기에 아이들이 성인이 되자 내가 한 푼 두 푼 모아 제주도에 사두었던 밀감밭을 공평하게 나누어주었다. 아들과 딸에게 밀감밭을 사주면서 이것을 밑천 삼아 그저 자족하면서 힘들지 않게 살기만을 소망했다. 물론 그 와중에 어미 속을 왠간히 썩힌 자식도 있었지만 그래도 지금은 다 제 밥벌이를 하며 자기들의 인생을 살고 있다. 산다는 것은 언제나 힘들고 험난한 고갯길을 오르는 것처럼 역경과 도전의 연속이 아닐까.

내 자식이 낳은 아이들도 저마다의 사연과 운명을 안고 이 세상에 태어났다. 그래서 내게는 더욱 소중하고 사랑스러운 손주들이 아닐 수 없다. 이렇게 내게는 눈에 넣어도 아플 것 같지 않은 귀한 손주였기에 업고 다니고 자전거에 실고 다니면서 정말이지 귀하고 소중하게 키웠다. 아마도 내 친자식들에게 못 다한 정을 모조리 손주들에게 퍼부었는지도 모른다. 새벽녘에 자전거를 타고 부식꺼리를 사러 나가면서 손주들을 유치원에 보내고 다시 일이 끝나면 아이들을 유치원에서 데려 오기를 반복하면서 정말 힘들게 손주 둘을 키웠다.

일본에서 키우는 손주들은 초등학교를 졸업하고 중학교에 다니는데 그렇게 신경이 쓰일 수가 없다. 아직은 부모의 세심한 관심이 필요할 나이이기에 신경 쓰이는 게 한두 가지가 아니다. 점심은 잘 싸가지고 갔는지, 밥은 어떻게 먹는지 모든 관심이 손주들에게 온통 쏠렸다고 해도 과언이 아니다. 일찍 일어나면 가게에 밥도 있고 도시락도 있어서 별 걱정이 없지만 만에 하나 좀 늦게 일어나면 누가 깨워주고 학교 갈 채비는 잘 하고 있는지 별별 걱정이 다 된다. 그렇게 노심초사하며 키운 손주들은 지금 일본에서 중학교에 다니며 할머니의 자랑스런 아이들로 성장했다.

3장
어떻게 하면 잘사는가?

복은 저 불도 태우지 못하고 바람에 날아가지도 않는 법.
홍수가 대지를 휩쓴다 해도 그 복은 떠내려가지 않나니
나쁜 왕과 흉악한 도적이 사람들의 재물을 억지로 빼앗는다 해도
그 지은 복만은 빼앗을 수 없는 법.
스스로 지은 복의 창고는 끝끝내 허물어지지 않으리라.

– 잡아함경雜阿含經

어떻게 하면 잘사는 것일까?

늘 '잘산다'는 게 어떤 걸 의미하는지 궁금했다. 한편으로는 그렇게 '잘사는 게' 뭔지 궁금해 하는 나는, 과연 '잘살고' 있는 것인지 스스로에게 되묻곤 했다. 그러면서 자연스럽게 불교에서 말하는 '잘산다'는 건 어떻게 사는 것을 의미하는지 생각해 보곤 했다.

고단하고 어렵게 세상을 살아오면서 내가 느낀 '잘산다'는 의미는 바로 행복하게 사는 법을 터득하는 것이었다. 그래서 더욱 불교에 다가가게 되었다. 모든 종교의 목적은 '행복을 추구하기 위해서'라고 어느 철학자가 한 말이 기억난다. 세상 그 누구도 불행하기 위해서 종교를 갖는 사람은 없을 것이다. 그렇다면 '어떻게 하면 행복하게 세상을 살아갈까?' 생각을 해보지만 그것이 참 어려운 숙제다. 다만 한 가지, 행복은 물질로 오는 것은 아니라는 것이다. 물론 권력으로 오는 것도 절대 아니다.

행복은 바로 마음으로 오는 것이다. 마음을 어떻게 쓰느냐에 따라서 사바세계가 불국토가 될 수도 있다. 살면서 바로 자신의 터전이 지옥도 되고 극락도 되는 것이다. 자신이 고통으로 산다고 느끼면 그곳이 지옥이고 행복하게 산다면 그곳이 바로 극락인 것이다. 이것은 외부에서의 어떤 영향을 받아서가 아니고 오로지 자기 자신의 마음속에서 모든 것이 결정된다는 뜻이다. 세상사 모든 일이 다 그렇다. 긍정적으로 사는 게 행복의 지름길이다. 불교는 알면 알수록 쉬운 종교이다.

불교에서는 남의 탓을 할 수가 없다. 모든 게 내 탓이다. 불교의 인과응보를 알면 남을 원망하는 마음도 안 생긴다. 자신의 인생을 한탄하며 내가 이런 남편을 안 만났으면, 내가 이런 아내를 안 만났으면 내가 편안하게 살 수 있었을 거라고 생각하지만 서로가 그런 사람과 만나지 않고 다른 사람과 인연을 맺었다 해도 지금의 그 사람과 다른 삶을 살지는 않았을 것이다. 사람들은 이것을 망각하고 그저 남 때문에 자신의 인생이 어렵고 힘들게 된 것으로 착각하곤 한다.

이것이 바로 업이고 업장業障인 것이다. 자기가 지은 업장을 잘 알면 설령 자신에게 안 좋은 일이 닥친다고 해도 절대 누구를 원망하거나 서운해하는 마음이 안 생긴다. 나쁜 일도 바로 자신이 행한 일 때문에 생긴 업장이라고 생각해 모든 것을 긍정적으로 다 받아들이게 된다. 모든 것이 다 내 업이라고 생각하면 마음이 편안해지고 근심걱정이 사라지며 머리가 맑아질 것이다. 자기가 지은 업이라고 생각하면 남을 원망할 필요가 없다. 하지만 평소에 부처님께 자신을 내놓고 수양을 하지 않는 사람은 이런 마음을 갖기가 여간 어려운 게 아니다. 여기엔 각 나라마다의 문화적인 풍토가 어떤 것이냐에 따라 사람들이 많은 차이를 나타내게 된다.

우리나라는 인도나 미얀마, 태국 같은 동남아의 불교국가에 비해 스스로 행복해하고 낙천적으로 사고하는 기질이 좀 약한 편이다. 사실 동남아의 불교국가는 예로부터 전통적으로 업이라는 사상, 은혜라는 사상이 국민들의 의식 속에 깔려 있었기 때문에 스스로 행복해 이느 생기에 비고이 일반 높다.

한마디로 불교국가의 국민들은 행복지수가 80%가 넘는다. 하지만 과연 우리는 그들에 비해 행복지수가 어느 정도나 될 것인가? 물론 우리가 이들 나라보다 물질적으로는 몇 배 가량 앞서 있고 풍족한 삶을 살고 있지만 지금의 우리는 과연 행복한 삶을 살고 있는지 스스로에게 물어보면 아마도 그렇지 않다고 말하는 사람들이 훨씬 많을 것이다. 우리의 60년대 정도의 경제수준에 머물러 있는 태국이나 인도 사람들을 보면, 비록 현실은 힘들고 어려울지 몰라도 그들의 얼굴에는 만족하고 해맑게 웃는 모습들이 대부분이다.

그들은 가난하게 살지만 행복하게 산다. 동남아의 불교국가 사람들은 정말로 현세에 만족하며 얼굴 가득 환한 미소를 지으며 행복한 삶을 살아가고 있다. 그곳에 가보면 현지 주민들의 얼굴 표정이 너무나 밝다. 사실 지금 우리나라 사람들이 태국이나 스리랑카에 가면 한 달도 못 살 것이다. 이런 곳에서 어떻게 사느냐고 금방 퉁명스럽게 말할지도 모른다. 하지만 그들은 이런 우리에게 되레 '무슨 소리냐, 내가 만족하고 살면 행복한 삶이 아니냐?' 며 반문할 것이다.

동남아시아 국가들의 빈부격차는 우리가 상상하는 것 이상이다. 멀리 갈 것도 없이 홍콩에 가보면 부자는 전부 벤츠를 타고 다닌다. 우리나라 부자와는 상대도 되지 않을 정도로 어마어마한 부를 거머쥐고 산다. 부자는 벤츠를 타고 다니지만, 없는 사람은 리어카를 타고 다닌다.

그런데 재미있는 건 리어카 타고 다니는 사람들이 벤츠 타고 다니는 사람들을 별로 부러워하지 않는다는 것이다. 왜? 자신이 금생에 좋은 업을 닦으면 내생에는 저 사람보다 더 잘살 수 있다고 생각하기 때문이다. 자기보다 잘사는 사람들은 전생에 좋은 업을 지었기 때문에 현세에 이렇게 잘사는 것이라고 인정해 버린다.

자신은 전생에 좋은 업을 잘 쌓지 못했기 때문에 현세에 이렇게 사는 것이라며 지금의 생에 만족하며 살아간다. 아주 오래 전부터 전통적으로 내려오는 이러한 내세관과 인연사상이 이들을 현세에 만족하고 작은 것에도 행복해하며 살 수 있도록 만든다. 한미디로 현실에 순응하며 미래에 대한 희망을 버리지 않고 선하게 열심히 살면 언젠가는 복이 올 것이라고 믿는 것이 대다수 불교 국가 국민들의 보통

삶인 것이다.

하지만 우리는 전혀 그렇지 않다. 우리는 자신의 일이 제대로 풀리지 않으면 모두 다 남의 탓으로 돌린다. 정치를 잘못해서 자신이 못살게 됐고, 부자들이 자기만 잘살려고 해서 자신이 피해를 본다고 생각한다. 우리나라 사람들은 대개 자신이 잘 안 풀리면 괜히 남 때문에 자신이 이렇게 고생한다고 생각하는 경향이 짙다.

그래서 우리는 배고픈 건 참을 수 있어도 배 아픈 건 못 참는다는 생각을 가지게 됐을지도 모른다. 이웃사촌이 땅을 사면 배가 아프다라는 유행어가 그래서 생겨났을지도 모른다. 한마디로 남이 잘 되는 꼴(?)을 못 보겠다는 사고방식을 가지게 된 것이다.

한시라도 빨리 그런 생각을 가지고 있는 사람든은 부처님 말씀에 입각한 '내 탓이오' 성품으로 바뀌었으면 좋겠다는 생각이 든다. 무엇보다도 내가 만들어 놓은 일들이 원인이 되어 지금의 내 모습을 이루게 된 것임을 명심하면 좋지 않을까. 그래야 자신의 처지에 만족하고 자신의 처지보다 남에게 더 잘 대해주고 조그만 것 하나라도 나눌 줄 아는 인품이 자리 잡을 수 있지 않을까 하는 생각이 든다.

가까운 일본만 해도 똑같은 직장에 취직을 해서 어떤 사람이 실력이 뛰어나 그 분야에서 능력을 발휘하게 되면 동기가 사표를 내고 재능 있는 인재가 더욱 능력을 발휘할 수 있도록 터전을 마련해 준다. 하지만 우리나라 사람들 중 일부는 출중한 능력을 보이는 사람이 있으면 그 사람을 어떻게든 도중하차시키려고 혈안이 되곤 한다. 한마디로 능력 있는 사람을 키울 줄 모르는 우리네 한국인의 잘못된 인재관인 것이다.

행복한 사람의 조건

행복한 사람은 자신의 처지에 행복해하는 사람이다. 이는 부자냐 가난한 자냐의 비교우위에 관한 문제가 아니다. 행복하게 살 줄 아는 사람은 긍정적인 사고방식을 가진 사람이다. 나도 제3자의 입장에서 볼 때는 지지리 복도 없고, 무엇 하나 희망을 가질 만한 구석이라곤 아무 것도 없었던 불쌍한 사람이라고 치부해 버릴 수도 있는 인생을 살았다.

하지만 그렇게 힘들고 어려운 나날들을 지내왔지만 한번도 누구를 원망하거나 부모형제를 탓해 본 적은 없었다. 그저 사나운 파도를 헤치며 바다 속에서 물질을 할 때도, 요코하마의 부두노동자들에게 거친 욕설을 들으며 식당을 할 때도 이것이 내 운명이려니 하고 세상사와 더불어 긍정적으로 살려고 노력했다.

물론 그렇다고 살아온 모든 날들이 순풍에 돛단 듯이 행복만이 가득한 날들이었다고 말할 수는 없다. 그래도 그 숱한 미혹한 날들을 이승보다는 내세에서 더 좋은 날들이 기다리고 있으리라는 희망으로 부처님께 간절히 기도하며 세상 사람들에게 작으나마 보시하는 마음으로 내 마음 속 공덕을 쌓아왔다.

행복과 불행은 어떻게 생각하느냐에 따라 종이 한 장 차이만도 못한 미묘한 느낌으로 자신에게 다가올 수 있는 것이다. 얼마 전 봉화마을 뒷산에서 스스로 목숨을 던진 노무현 전 대통령이 그런 경우가 아닐까 생각한다. 이분은 그야말로 고졸 학력으로 독학으로 공부해 변호사가 되고 장관이 되고 급기야는 이 나라의 최고 자리에 오른 입지전적인 인물이다. 그런데 그분의 마지막 가시는 길을 보면서 권력무상과 허무한 생에 대한 안타까운 심정을 지울 수가 없었다.

권력을 가지면 뭐 하는가? 노 전 대통령은 대학교에서 특강을 하거나 일반시민들을 상대로 강연을 할라치면 늘 "정치하지 마십시오."라는 말만 했다. 노무현 전 대통령은 불교공부를 많이 한 분이다. 그래서 죽을 때 그가 남긴 유서에도 짙은 불교철학이 행간 곳곳에 깔려 있다.

"내 운명이다. 남을 탓하지 말라. 운명이다 곧 자기 업이다."

결국에 내 업이니까 남을 탓하지 말라고 했다. 다른 사람은 이해 못하지만 자기 수명이 그것밖에 안 된 것이다.

불교는 참 묘한 종교다. 근본적으로 종교의 입장에서 따져보면 엄밀하게 종교라고 볼 수도 없고 그렇다고 고귀한 철학이라고 보기도 어렵다. 종교학자들이 보통 어떤 종교를 명명할 때면 종교란 어떤 메시아가 있어서 사람들을 신적으로 지배할 수 있어야 한다고 본다. 가령 하나님을 믿고, 예수님이나 천주님을 믿으면 그 신들이 무조건 인간의 메시아가 되어야 하는 것이다. 교회에서 십일조 헌금을 낸다든 가, 이슬람에서 요구하는 헌신적인 희생을 치르면 그 사람은 자기 종 교에서 말하는 천국에 갈 수 있다. 심지어는 사회적으로 지탄의 대상 이 되는 자살 폭탄테러 같은 극렬한 행위도 그 종교를 신봉하는 사람 들의 입장에서 보면 나름대로 순교를 하고 그들의 천국에 들어가는 거룩한 행위가 되는 것이다.

그런데 불교는 그런 기복적인 요소도 없고, 순교를 강요하지도 않 는다. 엄밀히 말하면 불교는 부처님에게 복을 비는 것도 아니고, 그렇 지 않은 것도 아니다. 어찌 보면 부처님은 하나의 상징적인 인물일 수 도 있다. 우리도 도가 통하면 부처가 될 수 있다. 부처는 그저 내 마음 에 있는 것이다. 대한민국의 어느 사찰에 가도 스님들이 신도들에게 가르치는 것들은 바로 이런 마음가짐이다. 그래서 종교적인 느낌이 잘 나지 않는 것이다. 절에 오면 모든 신들이 다 모셔져 있다. 심지어 삼신각에는 삼신할매까지 모셔져 있다. 천도재도 하고 축원의식도 치른다. 옛 전통 그대로를 따르는 제사도 지낸다. 하지만 이 모든 것 들은 결국 내가 곧 부처가 되기 위한 고단한 과정이자 절차일 뿐이다.

부처님은 일체만상이 인연에 따라 연기緣起되는 것이라고 말씀하 셨다. 즉 원인이 되는 씨앗이 이미 심어져 있다 해도 그 씨앗에 어떠 한 연, 즉 조건을 가하는가는 전적으로 자기 지신에게 달려 있다. 또 한 미래에 받을 과보의 원인을 어떻게 지을 것인가 역시 스스로의 자 유의지에 달려 있다.

공덕도 쌓지 않고 정진도 게을리하는 사람들의 미래는 불을 보듯 뻔한 법이다. 그러나 열심히 노력하고 힘차게 정진하는 사람에게는 운명도 그다지 큰 힘을 발휘하지 못한다. 지은 바 업이 결정되어서 비록 어려운 상황이 기다린다 해도 그동안 쌓은 공덕의 힘으로 쉽사리 넘어갈 수 있기 때문이다. 이처럼 업으로 인한 운명을 그대로 믿을 것인지, 아닌지는 전적으로 본인의 노력과 의지에 달려 있다.

4장
돈, 제대로 알면 정말 좋은 것

산중에 사는 계조(揭鳥)라는 새는 꼬리에 긴 털이 있는데
그 털을 무척 아껴 감히 다시 날지 못하고 그 빠질 것만을 걱정하다가
마침내 사냥꾼에게 잡혀 죽임을 당하고 말았으니,
털 한 오라기를 아끼다가 그렇게 된 것이다.
사람도 마음을 단속하지 못하고 애정과 재산만을 탐하다가는
고통을 벗어날 길이 없으니,
모두 탐욕과 음욕을 떨쳐버리지 못하기 때문이니라.
벌이 꿀을 모으느라 피로한 줄도 모르고
여러 날 이 꽃 저 꽃을 기웃거리며 마침내 이루어도
인간들이 빼앗아 가버려 제 먹을 것은 하나도 없듯이
사람도 재물을 모으느라 온갖 고생을 다하지만
죽으면 다른 사람의 손에 들어가게 되고
몸에는 죄만 남아 그 고통이 한량없으리라.

– 삼혜경三慧經

진정한 돈의 가치

이 세상에서 돈을 싫어하는 사람은 아무도 없다. 누구나 부자가 되고 싶어 한다. 그러나 돈은 공평하게 주어지지 않으며 모두가 부자로 살지는 못한다. 하지만 굳이 큰 부자는 아니더라도 세상을 살아가는데 경제적인 능력과 안정은 필수적인 것이다. 아무리 정신적인 세계를 추구하고 행복의 가치를 물질이 아닌 정신에 둔다고 해도 육신이 있는 한 물질의 중요성과 역할을 완전히 부인할 수는 없다.

또한 아무리 마음으로 행복하고 만족하면 된다고들 하지만, 그 마음도 알고 보면 몸과 물질에 의해서 적지 않게 영향을 받는다는 걸 알수 있다. 즉, 물질적 수준이 역으로 마음과 정신적 수준에 영향을 미친다는 것이다. 따라서 재물이 행복의 전부는 아니지만, 일정 수준의 재물은 마음의 행복에 결정적인 역할을 하는 것만은 분명한 것 같다.

우리는 "돈이 인생의 전부가 아니다." "돈으로 행복을 살 수 없다." "마음이 부자인 사람이 진짜 부자다." 등등의 가르침들을 적지 않게 들어왔다. 본질적으로는 옳은 말들이다.

그러나 현실적으로는 틀렸다. 가난한 사람이 어째서 복이 있다는 것인가? 당장 괴롭고 힘이 드는데, 죽어서 받을 보상을 누가 보장할 수 있다는 말인가? 부자가 인정받고 부자가 양반인 현실을 사는 사람들에게 마음으로 베풀 수 있는 일은 한계가 있다. 오히려 물질로 베풀어서 마음을 풍요롭게 하고 따뜻하게 할 수 있는 일이 더 많아 보인다.

분명 돈이 인생의 전부는 아니지만 인생과 무관하지 않다. 또 돈으로 행복을 살 수는 없지만, 그렇다고 행복과 무관하지도 않다. 어떤 사람은 돈을 무시한다. 또 어떤 사람은 돈을 지나치게 귀하게 여긴다. 돈에 대한 극단적 과소평가나 과대평가는 모두 돈을 잘 모르기 때문에 생겨난 현상이다.

돈을 모르면 인생을 모른다. 돈을 모르고 인생을 효과적으로 살 수는 없다. 돈의 문제는 우리가 죽는 날까지 부딪히고 관리하면서 풀어가야 할 평생의 숙제다. 돈의 의미와 가치를 정확히 알고 돈을 바르게 사용할 때 인생은 그만큼 즐겁고 행복해진다. 돈을 얼마나 가지고 있느냐도 중요하지만, 그것보다 더 중요한 것은 돈을 얼마나 아느냐는 것이다.

원래 돈은 마음을 행복하게 해주고 만족하게 해주는 수단으로 만들어졌다. 그런데 무엇이 돈으로 하여금 마음의 주인이 되도록 만들었을까? 어쩌다가 마음이 돈의 노예가 되어 돈 때문에 웃고 돈 때문에 고통을 당하게 되었을까?

그건 지나친 욕심 때문일 것이다. 돈이 마음을 즐겁게 해주자, 그 즐거움에 만족 못하고 또 다른 즐거움을 갈구하게 되었기 때문이다. 점점 더 갈망이 심해지면서 마침내 마음은 자신의 위치를 망각하고 돈에 의존하며 집착하게 되었고 그 결과는 돈의 노예가 될 수밖에 없었던 것이다. 처음에는 순수한 사랑으로 시작했지만, 사랑이 달콤하고 행복해질수록 더 큰 사랑을 욕심내고 독점하려다가 마침내는 의존하고 집착하게 되어 사랑을 잃고 말듯이 말이다.

그러면 어떻게 해야 하는가? 욕심과 집착을 자연스럽게 버리는 방법은 무엇인가? 그것은 바로 진정한 사랑과 순수함이다. 돈이 필요하지 않는 것을 사랑하는 것이다. 또 남들이 보고도 질투하고 탐내지 않을 것을 사랑하고 좋아하는 것이다. 그것을 귀히 여기고 즐기면 된다.

신선한 공기를 즐기고 맑은 하늘을 즐기고 청량한 물을 즐기는데, 돈 달라는 사람은 없다.

마음수행을 잘하는 사람들의 특징은 집중력이 뛰어나다는 것이다. 그들의 의식은 항상 지금 그리고 여기에 집중하기 때문에, 이미 지난 과거에 매달리거나 아직 오지 않은 미래를 걱정하지 않는다. 그들의 의식은 무한의 시간과 무한의 공간을 향해 열려 있다. 쉽게 말해서, 과거에는 귀하고 값비싼 물건이었지만, 지금은 값이 싸고 귀하지 않다는 이유로 함부로 낭비하지 않는다.

미래의 어느 시점이 되면, 맑은 공기와 하늘 그리고 청량한 물이 가장 귀하고 값비싼 것이 될지도 모른다. 맑은 바람을 느끼고 이름 없는 들꽃을 보고 하늘의 별을 보면서 그 순간 살아서 존재하는 자신을 느낄 수 있다면, 생은 저절로 아름답고 감사함으로 채워질 것이다.

지금까지 칠십 평생을 살면서 어떻게 하면 지혜롭게 돈을 운영할 수 있을지에 꽤 많은 관심을 기울였던 것 같다. 일본에서 고생 끝에 종자돈이나마 마련하고부터는 무엇보다 돈이란 놈이 갖고 있는 묘하고 이상한 마력에 돈을 괜시리 잘못 놀렸다가는 큰 코 다칠지도 모른다는 강박관념에 늘 시달려왔다.

지금 내가 '돈'에 대해 젊은 친구들에게 하고 싶은 말은 "돈 버는데 열심이기보다는 열심히 살다보니 돈도 저절로 생기더라."는 인생철학으로 자기 앞에 닥친 일을 열심히 그리고 지혜롭게 펼쳐나가라는 말을 하고 싶다. 나에게는 늘 손 벌리는 객들이 많았고, 내가 번 돈을 필요로 하는 사람들이 줄지어 있었다. 역설적으로 이런 내 형편이 나를 좀 더 냉철하고 지혜로운 경제생활을 하도록 만들었는지도 모른다. 그렇게 내 나름대로 열심히 살면서 한 푼 두 푼 모은 돈이 지금은 노후 걱정은 하지 않을 정도의 조그만 재산을 모은 자산가가 되었다.

일본에서 슈퍼마켓이며 이자까야를 경영하다 보니 제주도 친척들에게 소문이 나 내 이름 석자만 듣고 우리집을 찾아와 일하게 해달라고 떼를 쓰는 젊은이들이 많았다. 나는 형편에 맞게 장래가 있어 보이는 젊은 아가씨들을 엄격하게 가려 뽑아 식당에서 잠을 자며 일하도록 했다. 우리집에 온 아가씨 중엔 무턱대고 일본 땅을 밟았다가 어려운 처지에 놓여 도망치다시피 이곳으로 쫓겨 온 아가씨도 있었고, 온몸을 다 바쳐 피땀으로 모은 돈을 빠징코로 다 날리고 빈털터리가 돼 우리 가게에 온 아가씨도 있었다.

저마다 자기만의 사연을 안고 우리집으로 찾아든 아가씨들이었기에 오래 전에 고향을 떠나 이만큼이나마 자리를 잡은 고향 선배로서 이들을 외면할 수가 없었다. 그래서 내가 아가씨들에게 내건 조건은 얼마간 목돈을 모으기 전까지는 가게에서 모든 것을 해결하도록 해야 한다는 것이었다. 내 허락 없이는 가게 밖을 벗어나지 못하도록 했다. 그리고 무조건 열심히 '성실하게' 죽었다 하고 일하라고 아가씨들을 종용했다. 이억만리 타국에 와서 몸 하나 의지해 사는 것도 힘들고 외로운 일일텐데 거기에 사기까지 당하고 돈마저 날려버린다면 젊은 나이의 아가씨들에겐 너무 가혹한 인생살이가 아닐까 하는 생각이었다. 그래서 무조건 내가 뒤를 받쳐줄 테니 열심히만 일하라고 했다.

그렇게 한 2~3년 우리 가게에서 일한 아가씨들은 그동안 진 빚도 다 갚고 제법 큰돈을 마련해 고향으로 돌아가거나 내가 소개한 건전

한 업소에서 제2의 인생을 출발하곤 했다.

제주도에서 고등학교를 마치고 우리 가게에 와서 일한 아이들은 무서워서 다른 데로 가지도 않았다. 그렇게 열심히 일본땅에서 일본 사람들을 상대로 힘들게 일한 아이들이 돌아갈 때쯤이면 많지 않지만 넉넉하게 여행비를 주며 일본 여행을 꼭 하고 돌아가도록 했다. 그리고 아이가 여행을 다 끝내고 돌아갈 때쯤엔 아이의 집으로 그동안 저금해 두었던 돈을 부모님 앞으로 보내곤 했다. 아이의 부모들은 생각보다 훨씬 많은 돈이 아이 이름으로 부쳐진 것을 보고는 처음엔 놀라며 아이가 무슨 나쁜 데서 일하다 온 줄로 알고 내게 다짜고짜 전화를 걸어오곤 했다. 그때가 나로서는 가장 보람을 느끼는 순간이었다. 내가 세상에 부끄럽지 않게 사는 작은 이유라면 바로 이런 아이들이 일본 생활을 무사히 마치고 자기만의 노하우를 얻어서 고향으로, 다른 일본 땅으로 정착해 가는 것이라고 생각했다.

우리 가게에서 일하는 종업원들은 거의가 제주도 사람들이다. 개중 몇 명은 서울 사람도 있었지만 가급적 고향 사람들을 종업원으로 많이 쓰곤 했다. 그러다 보니 우리 가게에서 일했던 아주머니들이 고향에 가서 자신의 자녀가 고등학교를 마치면 우리 가게로 보내서 학비나 결혼자금을 모으게 하는 일이 비일비재했다. 그때 우리 가게에서 일한 아이들은 거의 다 몇 년간 우리 가게에서 일하면서 집도 사고 목돈도 마련하곤 했다.

낯설고 물설은 일본땅에서 내 의지처가 돼주고 친구가 돼주었던 남편이 병으로 세상을 뜨고 나자 나는 특별히 큰돈을 모을 욕심을 내지 않았다. 그전에는 부식꺼리 하나를 사더라도 시장에서 옥신각신하며 또순이 역할을 신물나도록 했던 나였지만 남편이 세상을 뜨자 그저 내 밥먹을 만큼만 벌면 그다지 많은 돈이 필요치 않다는 생각을 하게 되었다. 물론 그동안 모은 돈은 내가 생각해도 왠만한 빌딩 몇 개는 살 수 있는 큰돈이었다.

남편과 사별死別하고 나서 한동안은 심한 우울증에 시달려 밖에 나가는 것조차 무서워하곤 했었다. 그렇게 몇 달을 보내자 은근히 내가 왜 이렇게 살지 하는 회의감이 일었다. 그리고 무엇보다 스스로를 잘 챙겨야 내 도움을 필요로 하는 소중한 사람들을 챙길 수 있겠다는 생각을 하기에 이르렀다. 그래서 다시 가게 문을 열었다. 남편과 30여 년 간 해온 운동이 있기에 건강을 회복하는 데는 그리 많은 시간이 필요치 않았다. 운동이란 다름아닌 새벽 3시에 일어나 요코하마 부둣가 시장까지 식당에서 쓸 부식이며 찬거리를 사러 돌아다니는 일이었다. 1시간 가량 그렇게 자전거 페달을 밟으며 돌아다니다 보면 어느새 몸에선 더운 기운이 모락모락 피어오르고, 얼굴엔 보기 좋은 땀방울이 송글송글 맺히곤 했다. 지금껏 이나마 건강을 유지할 수 있었던 것도 바로 지금까지 하루도 거르지 않는 새벽 자전거 타기 때문일 것이다. 무엇보다도 내 건강 좌우명은 무조건 몸을 놀리지 말자는 것이다. 무조건 가게 일을 열심히 하고, 손님들과 부딪끼면서 하루해가 어떻게 저물었는지도 모르게 살았던 날들이 엊그제 같았다. 주말이면 사랑하는 손주들을 자전거 뒷자리에 태우고 근처 부두 주변을 뺑 돌거나 공원에 산책을 가서 한가한 시간을 보내는 것도 빼놓을 수 없는 즐거움이었다.

이제 와서 간절하게 바라는 소원이 하나 있다면 내가 키운 손주들이 모두 국가와 국민을 위해서 큰일은 못할지라도 적어도 남에게 피해는 주지 않는 그저 얌전하고 공부 잘하고 평범하고 편안한 삶을 살았으면 하는 것이다. 어려서부터 외지로 나가 물질도 하고 식당도 하면서 잠시도 쉴 틈이 없이 생활전선에서 싸우다시피 살다보니 가정에서 화목하게 도란도란 가벼운 얘기라도 나눌 시간조차 내게는 허락되지 않았다. 그래서 그런지 나는 가족들이 화목하게 웃으면서 사는 모습이 그렇게 부러울 수가 없었다. 그저 손주들에게 바라는 게 있다면 높은 사람이 될 필요도 없고, 자신의 역할에 충실하면서 가정을 잘 꾸려나가는 평범한 생활인이 되었으면 좋겠다.

40년 가까이 장사를 하면서도 한 가지 다행으로 여기는 것은 그 어느 누구도 나에게 싫은 소리를 하는 사람을 만들진 않았다는 데 있다. 그저 평범하게 열심히 살았지만 그렇게 팍팍하게 살지는 않았다고 조심스럽게 자부한다.

어린 나이에 일본에 건너와 눈물나두록 힘든 시절을 몸소 겪은 나였기에 왠만한 금전문제엔 대충 눈감고 넘어가는 일이 많았다. 수중에 돈이 많아지자 자연스레 돈 빌리러 오는 분들이 많았다. 어떤 할머니는 멋모르고 조직(야쿠자)의 돈을 빌려 썼다가 이리저리 피해 다니느라 사는 게 사는 것 같지 않다며 나에게 마지막 손길을 내미는 경우도 있었다. 나는 아무 조건 없이 일본돈 300만 엔을 빌려줬다. 지금까지 10년이 지나도록 다 못 받았지만, 또 꼭 다 받겠다는 욕심도 별로 없다. 없는 돈이 하루아침에 어디서 나오겠는가?

어떤 사람은 일본돈 500만 엔을 빌려가더니 감감 무소식인 경우도 있었다. 그래도 어떻게 어떻게 연락이 닿아 "형편이 그렇게 어려우면 이잣돈만 계속 줘라. 내가 그걸 모아서 본전을 만들어서 가지겠다. 그러니 매달 이자돈만 줘라." 하고 당부해 놓곤 다시 전화를 하면 전화를 안 받는 사람도 있었다. 그럴 때면 '내가 예전에 그렇게 남을 피곤하게 만들더니 이제는 되레 말로 받는 거구나' 하고는 그냥 그 일을 잊어버리곤 했다.

물론 나에게 돈 빌려 가고 제때에 갚은 사람이 훨씬 더 많다. 그래도 그럴 형편이 못 되는 분들은 자기 형편껏 갚으라고 했다. 그때 내 생각은 '왜 필요 없는 돈을 갖고 있느냐. 차라리 어려운 사람들이나 도와주자' 는 게 솔직한 심정이었다.

나에게 도움을 청하러 오는 사람들에게 수중에 돈이 있으면 싹싹 털어서 빌려주곤 했다. 그럴 때마다 이잣돈 못 갚아서 밤새 잠도 못 주무시던 어머니 생각이 나곤 했다. 내 어릴 때 우리 어머니는 제사 지내려고 남의 돈을 빌려다 쓰고는 이잣돈을 갚지 못해 1년 넘으면 빚만 쌓여서 내가 갖다준 돈을 모조리 일수쟁이에게 갖다 바치는 게 일이었다. 정말이지 그런 어머니 생각이 나서도 이 낯설고 물설은 타국땅에서 고생고생 하면서 살아보자고 아등바등하는 고향사람들이며 동포들을 외면할 수는 없었다.

그렇게 한 20여 년 지내다 보니 여기저기서 "이복순 할망은 법 없이도 살 분이여." "우리가 이복순 할망 아니면 어찌 살았겠나" 하며 진심으로 고마워하는 분들도 계셨다. 그런 보람 하나로 행복한 부자를 꿈꾸며 살아갈 수가 있었다.

5장
고단하고 힘든 사람들이여,
옥불사에서 쉬어라

어느 날 붓다가 여러 사문을 불러 놓고 물었다.
"사람의 목숨은 얼마 동안에 달려 있다고 생각하느냐?"
한 사문이 대답했다.
"며칠 사이에 달려 있습니다."
"너는 아직 도를 모른다."
다른 사문이 대답했다.
"저는 밥 먹는 사이에 달려 있다고 생각합니다."
"너도 아직 도를 모른다."
또 한 사문이 대답했다.
"한 호흡 사이에 달려 있습니다."
"그렇다. 너야말로 도를 닦는 이라고 말할 수 있겠구나."

옥불사, 영원한 불자들의 쉼터

옥불사를 창건하는 바람이 있다면 이곳을 찾는 사람들이 옥불사에서 모든 것을 해결할 수 있도록 모든 것을 갖춰 놓은 불교요람이자 문화사찰의 역할을 할 수 있는 영원한 불자佛者들의 쉼터로 자리매김 되었으면 하는 것이다.

앞으로 다가올 밀레니엄의 시대는 그 어느 것보다 문화가 부각되는 시대가 될 것이다. 종교문화로 볼 때 우리나라의 전통적인 문화를 꼽으라면 뭐니 뭐니 해도 불교문화를 빼놓고는 한 발짝도 앞으로 나갈 수가 없다. 1500년의 유수한 전통문화를 면면히 계승하고 있는 불교문화지만 아쉽게도 우리는 외국인들에게 우리 불교문화의 우수성을 제대로 알리지 못하고 있다. 고상하고 아름다운 사찰문화의 우수성조차 제대로 외국에 알리지 못하는 실정이다. 이는 한국 불교가 전통문화를 유지하고 품격 높은 사찰문화를 형성하고 있음에도 불구하고 공간적으로 도시지향적이지 못하고 은둔도피형의 공간구조를 지니고 있어서 전통 깊은 불교문화의 우수성을 널리 알리지 못하는 취약점을 지니고 있다고 본다.

하지만 시대는 늘 변하고 사람들의 취향도 언제 어느 곳으로 튈지 모르게 시시각각 변한다. 바로 최근의 '걷기 붐'이나 '자기 바로 알기 붐'을 타고 도심생활에 찌든 현대인들이 속속 숲으로 산으로 자기를 찾아 사찰 나들이를 심심치 않게 행하고 있다. 그리고 이런 현상은 앞으로 더욱 심해져, 복잡하고 치열한 경쟁 시대를 살아가는 현대인들은 더더욱 자연을 많이 찾게 될 것이다. 그들은 피곤한 심신을 달랠 조용하고 안락한 곳이 필요하다. 바로 그런 사람들이 아무 때나 왔을 때 편히 쉬었다 갈 수 있는 그런 쉼터로 옥불사를 만들려고 한다.

또한 불교사찰엔 테마가 있어야 한다. 이 절하면 무엇 하는 어떤 테마가 있지 않으면 사람들은 이 절이 어떤 절인지 몰라서 선뜻 이곳으로 발걸음을 옮기지 못한다. 반면에 사람들에게 회자膾炙되는 뚜렷한 테마가 있다면 그것을 보기 위해서라도 일부러 발걸음을 재촉하게 될 것이다.

중생衆生 제도의 주요 불교예능, 범음 범패

흰색의 장삼 자락은 휘젓는 팔 끝에서 뿌려져 허공을 가른다. 획~하고 치솟았던 장삼자락이 바람결에 흔들리며 떨어지는 마지막 잎새처럼 나풀거리다 사뿐히 내려앉는다.

제주불교의례보존회(회장 도광스님) 회원스님들이 불법佛法을 상징하는 나비춤作法과 불법을 수호하는 의미의 바라춤을 선보였다.

바라춤은 모든 악귀를 물리치고 도량을 청정케 해 마음을 정화하려는 뜻이 담겨져 있다.

중생을 제도하겠다는 바른 신심으로 부처님을 찬탄하는 음성공양 이 범음과 불법을 상징하는 범패梵唄는 이제 사찰에서만 행해지는 것이 아니라 각종 공연을 통해 일반인들에게 선보이면서 불교문화의 우수성을 알리는데 일조하고 있다.

제주 불교의식은 불교가 제주에 전래되는 과정에서 제주 특유의 민속문화와 연계해 재와 범음에 있어 타지역과 사뭇 다르다.

제주 불교의식의 경우 세시의례 가운데 토속신앙 유입으로 타지역과 비교해 칠성제와 산신제가 성대히 진행되고, 사자천도의례도 타지역에 비해 더욱 중시됨에 따라 장엄하게 진행된다. 특히 안채비는 태징, 목탁, 북을 치면서 염불하는데 타지역에 비해 느린 편일뿐더러 제주 고유의 음악적 특징을 지니고 있다.

이러한 불교의례 중 주로 상주권공재常住勸供齋, 시왕각배재十王各拜齋,

바라춤은 악귀를 물리치고 도량을 청정케 해 마을을 정화하려는 뜻이 담긴 춤이다

생전예수재生前豫修齋, 수륙재水陸齋, 영산재靈山齋의 의식을 행하면서 부르는 노래를 일반적으로 범패라고 하며, 행해지는 각 재는 그 규모나 성격상에서 공통적인 부분도 있지만 약간은 다르다.

상주권공재는 죽은 자의 천도와 극락왕생을 드리는 재로써 보통 하루가 걸리며 가장 규모가 작은 재이다. 49재, 혹은 소상, 대상에서 치러지고 있다.

시왕각배재는 저승을 관장하는 열 시왕에게 올리는 의례인데, 천도재나 예수재, 영산재에서도 행해진다.

예수재는 윤년이 든 해에 치러지는 의식으로 극락왕생을 기원하는 의식이다.

수륙재는 물에 빠져 죽은 영혼을 위무 공양하시나, 전에서 강이나 바다로 나가서 방생재放生齋를 하면서 드리는 재이다.

영산재는 국가 단위의 큰 조직체를 위해 혹은 군인들의 무운武運장구를 위해서 올리는 재로써 규모가 가장 크며, 보통은 3일간에 걸쳐서 치러진다. 이러한 재에 따라서 불려지는 노래가 고정적으로 있는 것이 아니라 영산재에서 불려지는 음악이 각 재에서 불려지고, 영산재는 위의 네 재에서 불려지는 음악들을 포함하고 있기도 하다.

불교의례 중 범음과 재 공양은 제주도 문화 중 불교문화의 근간을 이루는 것으로 많은 민중들의 호응을 얻고, 대代를 이어 구전되어 내려온 문화형태라고 할 수 있다.

제주도 공식 불교의식 전승관, 옥불사

제주 불교에서 전승관 옥불사에 대해 거는 기대는 사뭇 남다르다. 이를 증명이라도 하듯 지금까지 전승관에서 행해진 각종 봉행식에서 큰스님들은 제주 불교계의 바람을 숨기지 않고 말씀하시곤 했다.

수진스님은 법어를 통해 "바람 불면 부는 대로 물결치면 치는 대로 무거운 짐을 혼자만 짊어지지 말고 마음을 항상 가벼이 하길 바랍니다. 전통문화를 전하는 전승관 건립 또한 부처님의 깊은 뜻을 아는 데 있는 것으로 마음을 항상 가볍게 가지면 부처님의 가르침인 행복의 길에 이르게 될 것입니다"라고 말씀하셨다.

앞으로 전승관에서는 정기적으로 시연회를 겸해서 각종 불교의례를 시현해 보일 것이다. 우선 매주 일요일마다 시연회를 열 계획이다. 이는 일요일에 제주도를 찾은 관광객들이나 일반 신도들 모두가 좋은 구경을 할 수 있도록 해보자는 취지이다. 그럼으로써 처음 불교를 접한 사람들도 불교가 그냥 목탁만 치면서 염불을 외우고 부처님 말씀만 전하는 단조로운 종교가 아니라 수천 년 동안 불교와 제주의 문화를 농축해 놓은 예술문화가 살아 숨쉬는 종교임을 널리 홍보하려고 한다. 옥불사에서는 불교를 잘 모르는 사람들에게 제주 불교가 나비처럼 화사하고 바람처럼 부드럽게 옥고춤을 추고 장고를 울리는 멋진 춤사위가 재현되는 훌륭한 예술문화를 지닌 종교임을 널리 알리는 역할도 담당하려고 한다.

제주 불교의식은 정말로 총체적인 종합문화이다. 악기와 소리, 춤과 말씀이 하나로 어우러지는 종합예술이다. 세계적으로 이런 문화는 없다. 세계불교에서 이처럼 화려하고 아름답게 불교의식을 재현해 내는 나라는 이제 한국밖에는 없다. 인도도 중국도 티벳도 이처럼 종합무대예술로 부처님을 봉양하고 축송하는 의식은 치르지 못한다. 그런데 이것도 모든 스님이 다 할 수 있는 건 아니고 전문적으로 불교예능을 전수받고 기예를 익힌 스님만이 재현할 수 있는 고도의 문화예술행위인 것이다. 옥불사에서 불교의식을 치르는 스님들은 전통불교 예능을 전수받은 문하생들이다. 불교의식은 행사 때 항상 치르기 때문에 문하생들을 잘 교육시키면 절대로 대가 끊어지지 않는다. 특히 옥불사에서는 다른 절과 달리 항상 부처님 말씀을 전하는 것과 함께 전문 불교의식을 꼭 재현한다.

우리나라 불교의식 재현 사찰은 지역마다 조금씩 다르다. 서울에는 신촌 봉원사가 중요무형문화재 국가지정 50호이다. 지역마다 전통민속인 판소리가 있고 경기 민요가 있듯이 불교의식도 지역마다 다르다고 보면 된다. 소리도 서편제와 동편제가 있고, 아리랑도 진도 아리랑과 정선 아리랑이 있듯이, 민속문화도 그 지방마다의 특색을 살려가면서 독특한 문화를 창출하듯이 불교의식도 지역마다 조금씩 다른 것이다.

제주 사찰에서 절기마다 치르는 의식은 우리 고유의 전통 미풍양속과 불교문화를 혼합한 것이다. 즉, 동지, 칠석, 백중 등 절기마다 치르는 의식과 산신, 용왕 등에 지내는 제의식을 불교식으로 혼합한 것이 지금의 제주 불교의례이다. 많은 불교의 신들에 제주의 신주님을 혼합한 것이 제주 불교의식이라고 보면 된다. 예로부터 우리나라의 불교는 나라의 문화를 보호하는 호국불교였다. 그래서 신라의 화랑이나 임진왜란 때 스님들은 나라를 위해서 전장에 나가서 칼을 들고 싸우기까지 한 것이다. 우리의 불교는 외래종교를 배척하지 않는다. 서양종교는 다른 나라에 가면 그 나라만의 토속적인 신앙을 다 미신화시켜버리고 자기 종교만 문화화하지만 불교는 언제나 그 지역의 토속문화도 불교문화로 품어서 융화시켜버렸다. 대표적인 나라가 바로 일본이다. 일본은 옛부터 내려오는 토속신앙이 그대로 살아 있는 곳이다. 일본 국민의 90%가 불자인데 기독교가 침투하지 못하는 지구상의 몇 안 되는 나라 중 하나이다. 일본 불교는 절 안에 신사가 있다. 신사는 우리 식으로 따지자면 무속신앙에 해당한다. 이처럼 전통적인 일본문화와 불교문화가 적절히 섞여서 자기만의 불교로 승화시킨 나라가 바로 일본이다.

그래서 옥불사는 사찰명에서조차 '옥불을 모신 곳'이라는 테마를 정해 불자들을 이곳으로 오도록 유도하고 있다. 여기에 제주 전통불교의식을 재현하는 전승관이라는 테마를 하나 더해 도시인들과 불자들에게 진짜 볼거리와 쉴거리를 제대로 제공하자는 것이 우리 절의 봉축 의미이다. 세계 최대의 옥부처님을 모신 곳, 여기에 천년 넘게 이어져 내려오는 제주 전통불교의식을 사시사철 재현하는 절, 제주일주 해안고속도로에서 보면 늘 빌딩만하게 누운 옥부처님이 보이는 곳, 이곳에서 우리는 부처님의 가피력加被力을 일반 대중들에게 제대로 전하고 싶을 뿐이다.

이곳은 입지적으로도 대통령이 수시로 지나다니는 서귀포 관광고속도로 변에 위치해 있기 때문에 쉽게 눈에 띄고 어렵지 않게 사찰로 진입할 수 있는 지역이기도 하다.

옥불사의 중요한 역할 가운데 하나는 바로 제주 전통불교의식의 재현과 계승에 있다. 그래서 옥불사의 성격을 '전승관' 이라고 한 것이다. 이곳에서는 큰스님이 오셔서 부처님의 좋은 말씀도 전하고 예불도 드리지만 다른 사찰과 뚜렷하게 구별되는 것은 서너 시간에서 길게는 하루 종일 치르는 전통불교의식을 감상할 수 있는 사찰이라는 것이다. 전승관은 말 그대로 제주도에서만 전해 내려오는 전통불교의식을 그대로 시연試演하는 제祭를 올리는 곳이다. 앞으로 옥불사에서는 '부처님오신날' 이라든가 주말 등에 외국인을 상대로 대표적인 전통의식만을 추려서 1시간 가량의 시연회도 갖고, 간단하게 책자를 만들어서 홍보도 하려고 한다.

또한 여건이 되면 제주공항에 나가 외국인과 관광객을 상대로 자연스럽게 시연회도 가질 생각이다. 시연회는 일주일 몇 시부터 몇 시까지 시간을 정해서 공연 형식으로 치를 예정이다.

제주 불교의 특징

　제주도의 불교는 토속신앙과 많이 결부되어 있다. 제주도 바다 쪽에 있는 절에 가보면 절 주변엔 어김없이 사당이 있다. 그래서 제주도 속담에 "절 오백, 당 오백"이라는 말이 있다. 그만큼 절도 많고 사당도 즐비한 게 제주도다. 그래서 제주도 사찰에서는 용왕제 같은 민속제례도 자주 하고 산신제도 크게 지내곤 한다. 그리고 이런 토속신앙의식을 제주도 사람들은 무척 중요하게 여긴다. 특히 한라산은 여산신령이 계신 곳이라고 해서 제주도 사람들은 애기를 못 낳았을 때 삼신할매에게 점지를 받기 위해 한라산 인근의 사찰에 가서 지성으로 기도를 드리곤 했다. 이러면 제주도의 불교는 범 세상 드레의 독특한 문화로 지금까지 존재해 오고 있다. 이는 우리 고유의 삼신할매 신앙이나 용왕신앙, 칠성기도 등이 불교에 흡수되어 제주도만의 불교문화를 형성하고 있는 것이다. 따라서 제주도의 불교는 상당히 토속적이고 기복적이며 제주민중의 바람이 불교신앙 속에 적절히 녹아든, 다분히 자생적인 불교를 추구하고 있다고 볼 수 있다.

　이처럼 제주만의 특색과 제주만의 아름다움, 제주 사람들만의 토속적인 신앙관을 그대로 받아들인 제주 불교이니만큼 우리 옥불사도 이러한 제주 불교의 특색과 장점을 더욱 색깔 있게 계승하기 위해 다양한 전통불교의식 재현과 민간불교문화 보존에 앞장서는 사찰로 발전시켜 나갈 것이다.

진정한 보살행을 향한 수행 봉사의 길

옥불사는 그야말로 어느 누구나 편안하게 찾을 수 있는 불국토佛國土 실현에 한 발짝 다가서는 방향으로 나갈 수 있을 것이다. 우리의 뜻이 청정하면 부처님 앞에서 마음수련을 하는 옥불사 신도님들은 마음 편히 부처님께 청정한 기원을 할 수 있지 않겠는가.

옥불사 창건에 미력하나마 힘을 보태면서 작은 소망이나마 있다면 나도 주지스님도 모두 다 부처님 앞에서 공덕을 쌓기 위해 공부하는 부처님의 제자가 되어야겠다는 것이다. 무엇보다도 자식들에게 재산을 물려주기보다는 내 스스로 공덕을 많이 쌓아 그 영향으로 자식들의 앞날이 편안해지면 좋겠다는 생각으로 이 불사에 동참하게 되었다.

부처님께서 하신 말씀을 떠올린다.

"욕심에서 근심이 생기고 욕심에서 두려움이 생긴다. 욕심을 떨쳐버리면 무엇을 근심하고 무엇을 두려워하랴."

부처님 말씀을 받들어 그저 욕심 없이 내가 가야 할 길을 한 발짝 한 발짝 내딛을 뿐이다.

옥불사에 불사를 하면서 무엇보다도 우리 조상들의 영혼을 위해 시 극락에 모셔두고 열심히 기도드리는 것만큼 부처님께 공덕을 쌓는 것도 없지 않겠느냐는 생각을 했다. 자식들을 위한답시고 땅 몇 마지기 돈 몇 푼 줘봐야 자식들 장래에 별로 도움이 되지 않으리라는 생각이 들었다. 형제간이나 집안 영혼을 위해서 극락에 모셔두고 복덕을 쌓는 것만큼 후생에 좋은 일도 없기 때문이다. 그렇지 않고 자손들 잘 돼라고 온갖 물질로만 보상해 주고 정작 복덕을 쌓지 못해 후세에 지옥에 빠져서 구천에서 헤맨다면 그보다 슬픈 일이 어디 있겠는가. 그래서 나는 그런 일이 없게 해주는 역할을 하고 싶었을 뿐이다.

내 스스로 고단하고 힘겹게 세상을 살아오면서 가족들이나 친지들에게도 불행한 일들이 무척 많았다. 그럴 때마다 물질적인 보상보다는 부모를 잘 모시고 조상을 잘 모셔야 집안이 평안해지고 자손들도 복을 받게 되리라고 생각했다. 이것이 내 할 도리라고 생각했다.

신문에서 시세를 순위까면서 우리 종업원들은 친신시요고 부 저번보다 내가 더 필요하다고 우스개소리로 말하고 다닌 적이 많았다. 그건 다름아닌 자신들이 필요로 하는 돈관리를 내가 철저하게 하고 있어서 열심히 일만 하면 목돈을 챙길 수 있다고 생각했기 때문일 것이다. 이는 우리 가게에서 일만 해도 조금만 고생하면 먹고사는 데는 지장이 없기 때문이라고 생각했기 때문일 것이다. 우리집 사람들도 나만 보면 "00씨를 만나서 집안을 일으켜 세웠다."는 말을 심심치 않게 하곤 한다.

모든 불자의 목표는 수행과 봉사이다. 그런데 봉사만 한다면 절름발이가 되기 때문에 안 된다. 밑바탕이 없기 때문에 오래 갈 수가 없는 것이다. 수행을 하면서 남에게 베푸는 것이 부처님의 사상이다.

당신 혼자 도인이 되면 부처님 사상이 아니다. 부처님은 자기가 수행을 하면서 중생들을 위해서 평생 봉사하면서 같이 살았다. 그렇지만 수행이 없이 봉사만 해도 안 된다. 그러니까 같이 겸행하는 것이 불교의 궁극적인 목적이다. 그런 사상을 알기 때문에 나는 많은 사람들이 공유하고 쓸 수 있게끔 보시를 해야 하는 것이 궁극적인 보살의 목표라고 생각하는 것이다.